Der Pitter

Korlinger Geschichten Band I

D1717379

Der PITTER – ein Held aus Korlingen bei Trier.
Erzählt werden seine Erlebnisse von der Kindheit
bis zum Hereinbrechen der französischen Revolution
1789. So gelingt es ihm beispielsweise, dem Abt der
Grundherrschaft St. Martin in Trier eine Kapelle
abzuringen, danach auch das gesamte Inventar.
Mit List und Beharrlichkeit führt er so manchen
weiteren Vorteil für die kleine Ruwertalgemeinde
herbei, den Steinbruch, die Weinberge, den Kartoffel-
anbau u.a. Darüber hinaus hilft er, wo er kann,
vermittelt im Streit oder zeigt Klugheit und Mensch-
lichkeit. Er hat das Herz auf dem rechten Fleck.

In 24 Erzählungen entsteht so mit warmherzigem
Humor ein ganzes 'Bilderbuch' der kleinen armen
Gemeinde in der zweiten Hälfte des 18. Jahrhunderts.

Bernhard Hoffmann, geboren 1951, lebt in Korlingen
bei Trier und schreibt seit seiner Jugend. Er war Lehrer
für Deutsch und Religion und von 2000 bis 2013 Dozent
in den Bildungswissenschaften an der Universität Trier.
2020 erschien „HEIMAT – Korlingen damals und heute".

Die 50 Illustrationen stammen von Christina Bublitz.
Christina Bublitz arbeitet mit Keramik und malt mit
Aquarell, Acryl und vorzugsweise mit Gouache.
Sie stellt regelmäßig seit den neunziger Jahren im
Raum Trier und Augsburg aus, wo sie als Lehrerin
tätig war. Sie lebt in Trier und Berlin.
www.christina-bublitz.de

Bernhard Hoffmann

Der Pitter

Korlinger Geschichten I

Illustrationen von
Christina Bublitz

*Für Birgit mit liebem Dank für Ideen, Anregungen
und kritische Begleitung*

Bibliografische Information der Deutschen Nationalbibliothek:
Die Deutsche Nationalbibliothek verzeichnet diese Publikation in
der Deutschen Nationalbibliografie; detaillierte bibliografische
Daten sind im Internet über dnb.dnb.de abrufbar.

© 2022 Bernhard Hoffmann
Herstellung und Verlag: BoD – Books on Demand, Norderstedt

Illustrationen: Christina Bublitz
Cover- und Textgestaltung: Frauke Bublitz Design

ISBN: 9783755778547

Inhaltsverzeichnis

Anmerkung:
Die Erzählungen spielen zwischen 1749 (Geburtsjahr Pitters)
und 1789 (Frz. Revolution)

1 Der Pitter

Mit dem Pitter war das so: der war rotzfrech und ungehörig – oder altklug und frühreif, je nachdem, wie es einem gefiel, dass er wirklich sehr, sehr neugierig war. Mit sechs, ein Jahr vor der Schule, konnte er lesen und schreiben, nach jeder Messe hatte der Pfarrer ihn einen neuen Buchstaben gelehrt. Mit neun sezierte er Mäuse und wusste so mehr über Anatomie als so mancher Barbier. Mit zehn erstickte er fast in einer Schweinsblase, die er fest um den Kopf gebunden hatte, weil er probieren wollte, wie ein Säugling im Bauch der Mutter leben konnte; da glaubten die anderen Kinder noch an den Klapperstorch. Mit zwölf konnte er das verkehrt liegende Kalb im Leib der Mutterkuh drehen, was er einmal bei seinem Onkel in Irsch gesehen hatte.

Auf jeden Baum kletterte er, ich sage: auf jeden, selbst wenn der Stamm glatt wie Seife war; und fiel oft herunter ohne irgendeinen Schmerz. Überfahren wurde er, von den Kühen getrampelt, das Horn der Geiß ging knapp am Auge vorbei, abgesoffen ist er und lehrte sich selbst das Schwimmen. Und einmal rettete er seinem Freund, dem Nikla, das Leben, als der in der Ruwer auf einen Stein gestürzt war und bewusstlos im Wasser lag: da zog er ihn heraus, stellte ihn auf den Kopf und ließ das Wasser herauslaufen, bis er wieder hustete und prustete. Und ein andermal sah er den Vater vom Johann seinen Buben verprügeln: da stellte er sich dazwischen und sagte: Es reicht! Und zog den Freund an der Hand aus der Scheune.

So einer war der Pitter. Naja, einfach hatten es die Eltern da erst mal nicht, in einer Zeit, in der der kleine Ort Korlingen zum Besitz des Klosters Sankt Martin in Trier gehörte. Dahin ging der Zehnte von allem, vom Holz, dem Vieh und den Feldfrüchten, später noch von Stein und Wein. Arme Bauern waren sie hier oberhalb des Ruwertals, denn der Boden war schlecht. Aber der Pitter wusste sich und dem ganzen Dorf zu helfen. Mit 19 hörten sie auf ihn und mit 20 war es so, dass alle auf sein Wort achteten. Echt pfiffig war er – klarer Verstand macht kluge Einfälle. Besonders aber hatte er das Herz, wie man so sagt, auf dem rechten Fleck. Aber der Reihe nach, beginnen wir mit seiner Kindheit.

2 Der Paradiesbaum

Eine Weihnachtsgeschichte

Der Pitter kam 1749 zur Welt, des Vaters Freud, der Mutter Freud und Leid zugleich. Er war wild, fragte einem Löcher in den Bauch und war immer irgendwo – tja, und nirgendwo zu finden. Eines Tages war der Pitter nicht mehr da. Auch nicht am Abend. Das war in der Zeit der süßen Düfte, der Bratäpfel und gerösteten Kastanien und der Weihnachtsbäckerei. Die konnte man abends am Himmel rosa leuchten sehen. Dort malten die Engel auch die Holzpuppen an und nähten die Kasper und machten all die anderen Spielsachen. Und weiß Gott, davon besaßen die armen Korlinger Kinder wenig genug. Das Kostbarste waren Glasmurmeln, die jeder hütete wie einen Schatz. In diesen Tagen war alles von Spannung und Erwartung erfüllt und die Kinder waren so brav wie Lämmchen, auch der Pitter. Sie wachten halbe Nächte und horchten: irgendwann musste der Christbaum doch in die gute Stube kommen. Und so manches Kind bekam am Morgen den Sand nicht aus den Augen heraus. Da war der kleine Pitter einer der eifrigsten: der wachte, eine halbe Stunde - und schlief ein – und versuchte das Wachen – und schlief wieder ein und erträumte sich den Baum vom vorigen Jahr. Und noch ein bisschen schöner, höher, geschmückter mit mehr goldenenNüssen und Äpfeln und Glitzer und Glanz

– und wachte mit klopfendem Herzen auf – und schlief endlich ein.

Ja, und dann war der Tag vor dem Heiligen Abend schon da. Und der Pitter war mehr krank als gesund und mehr schläfrig als wach – von all dem Warten und dem Duft des Backens und Bratens und Kochens im Haus. – Oha! Die gute Stube war verschlossen! Pitter blinzelte durch eine Holzritze, drückte die Klinke nieder, sie gab nicht nach. Er musste da drin sein, der Baum. Er musste hinein, gleich wie. Da war kein Denken an das Verbotene, die ungeheuerliche Tat, da gab es kein Zögern, die Trauer der Mutter über das böse Kind, die Strafe des Vaters – kein Gedanke. Mit der Geschicklichkeit eines Einbrechers schlich er mit leisem Tritt über den Flur ins Schlafzimmer der Eltern, das war verboten! Die Tür zur guten Stube war gesperrt, kein Schlüssel zu finden. Zurück zur Tür vom Flur, drückt er die Klinke, um den Widerstand zu erfassen: es musste ein Stock sein. Ein Stoß an die Tür. Lauschen. Ein festerer. Himmel, ein Geräusch! Nur ein Backblech aus der Küche. – Jetzt, es muss sein! Ein Tritt mit dem Fuß, ein Fall – jetzt klopft das Herz so laut, es müssen doch alle hören. Hinaus hinaus!

Draußen die Kaninchen gefüttert. Na, Pitter, bald ists soweit, sagt der Vater. Pitter dreht sich geschwind zu den Tieren, der Vater ist mit Holz für den Herd vorbei. Und jetzt ist es beim Pitter wie bei Adam und Eva: da steht der Baum des Paradiesgartens und der zieht ihn zu sich heran. Umgeblickt, gehorcht, geschlichen... Die Klinke bewegt sich, neigt sich ganz herunter, die Tür öffnet sich – und es quietscht! Herrje, schon wieder das Herz. Warum ist es so laut, es kommt bis an den Hals gekrochen. Pitter atmet schwer. Dann drückt er die Tür auf, schnell, mach schnell, Tür zu. Und da steht er. Oh, lieber Herr Jesus, wenn es eine Sünde ist, wie der Pfarrer sagt... ich tu ja nichts, ich schaue nur, ich hebe die Augen bis zur goldenen Kerze, trete näher, mein Arm bewegt sich, meine Hand greift den rotbackigen gezuckerten Apfel, ich schmecke ihn – rumms, da liegt der ganze Baum. Pitter reißt die Hand vor den Mund, um den Schrei zu ersticken. Raus, nichts wie raus. Wohin – wohin –?

Natürlich fällt es am Abend auf, dass der Pitter nicht mehr da ist. Na, er wird sich an den Wacken vertrödelt haben, sagen sie. Aber es ist stockfinster, die Sterne glänzen und der Himmel wirft Eiseskälte übers Land. Mein Gott, der Bub! Die Mutter rennt in den Stall, in die Scheuer, auf den Dachboden. Die Magd wird zu den Nachbarn geschickt. Der Vater geht zu den Wacken. Pitter, wo bist du? Und es wird ihm im beißenden Frost, der die Erde hart macht, deutlich, wie lieb er den Pitter hat. Herrgott im Himmel, hilf! Er irrt umher, zum Wald, bis zur Höhe, wo man Trier als schwarzes Loch erkennen kann. Er läuft wie irrsinnig die halbe Nacht. Das Suchen hat keinen Sinn. Und so kommt er zurück, es ist Licht in der Kapelle, wo alle beten, auch die Nachbarn mit Johann und Nikla. Die Mutter hat die dicke Kerze angezündet, die Atemstöße gehen als weiße Nebel von den Menschen ab. Der Pitter bleibt verschwunden. Die Suche in Irsch, Hockweiler, war erfolglos. Er wird gestohlen worden sein, es sind böse Zeiten, so denken alle.

So also kommt der Heilige Abend. Die Messe ist traurig, der Pfarrer versucht zu trösten, aber gegen das Schluchzen der Mutter und das verhärtete Gesicht des Vaters und die stieren Blicke der Korlinger kommt er nicht an. Der Gesang kommt aus gebrochenen Kehlen. Das Aufstehen und Knieen geht so schwerfällig wie beim Leichenbegängnis. Zuletzt soll das Jesuskind in die Krippe gelegt werden. – Es ist fort! Nicht im Korb hinterm Altar. Küster, wo? Oh, was für ein Heiliger Abend, seufzt der Pfarrer, kein Kind, weder ein lebendiges noch eines aus Holz und Stoff. Der Küster sucht, klappt die Türen im Altar auf, die erste – die zweite – ein Schrei: Da, da! Stille! – Der Pfarrer kommt. Ist er tot? Er greift ihn am Arm, die Augen öffnen sich, er zieht, der Pitter kommt mit wackligen Beinchen heraus. Da steht er, verschmiert, verheult, das Jesuskind im Arm. –

Der Küster hat schon geschrien, aber was die Mutter jetzt von sich gibt, lässt jedes Herz erschauern. Sie umfasst ihren Buben und sinkt weinend vor Freude in die Knie. Und dem Vater stehen die Tränen auch in den Augen. Was glaubt ihr, was das für ein Weihnachtsfest wurde –.

3 Die Silvesternacht

Genau vor Neujahr musste es passieren: die Schwäge-
rin in Irsch wurde krank und der Bruder der Großmutter hatte um Hilfe gebeten. Dabei war in Korlingen zu backen und zu braten, zu wischen und putzen,
zu suchen und zu finden für den Festtag. Na, da war
die Großmutter abgezogen und ließ die Mutter mit
der Magd allein in all dem Trubel. Und dazwischen
immer die größeren Kinder, die man auch nicht bei
allem helfen lassen konnte, und das wiebelige Klein-
kind-Gewürm, das jeden Gang versperrte. Und dann
noch die Marie, die quengelte, dass sie der Großmutter doch ihr Neujahrsgeschenk bringen will. Der Pitter wollte bloß raus aus all den Arbeiten und Aufträ-
gen. Da hatten sie beide beschlossen, sie müssten
noch heute, am Silvestertag, nach Irsch. Geht nicht,
sagte die Mutter. Hm, machte der Vater. Der Vater
hat's erlaubt, schreit der Pitter und packt sein Ränzel.
Bei dem Schnee? ruft die Magd. Aber die Sonne
scheint doch! ruft die Marie. Herrgott, ist der Mann
blöd! brummt die Mutter und geht zu ihrem Mann
auf den Hof. Tatsächlich war der Schnee mannshoch
gewachsen, und überall hatte man enge Gänge mit
weißen Wänden, die bis über den Kopf ragten, ge-
schaufelt, um zueinander zu kommen. Der Weg nach
Irsch ist gespurt, meinte der Vater nur, da gehen täg-
lich die Leut, und sonntags alle in die Kirch. Manns-
bild, dämliches! schimpfte die Mutter.

Aber schwupp, standen die beiden schon in Pelz und Schnürschuhen. Marsch, zurück, rief die Mutter, doppeltes Wollzeug drunter! Oh, ah, puh – half alles nichts, musste angezogen werden, dass sie aussahen wie dicke Zwerge mit Fäustlingen und Pudelmützen. So fix seid ihr sonst nie, meinte die Mutter. Um vier seid ihr zurück, die Großmutter weiß die Zeit! Bleibt auf dem Weg, verstanden, rief der Vater noch hinterher. Und du, Pitter, hast die Verantwortung für Marie! Ui, da war der Pitter mächtig stolz, dass er mit seinen 10 Jahren das 6-jährige Schwesterchen behüten durfte. Mach ich, sagte er mit seiner tiefsten Stimme, nahm sie bei der Hand – und weg waren sie zwischen den Schneebergen.

Alles ging gut, sie kamen in der gespurten Rinne bis zum Pestkreuz auf dem Korlinger Berg und mit Rutschen und Fallen lustig nach Irsch den Berg hinab bis zur Kirche, wo der Onkel einen großen Hof hatte. Hier war alles ruhiger, kein Gerenne, kein Kindergeschrei, die Großmutter freute sich riesig über ihr Geschenk. Aber vor dem Bett der Tante standen sie doch ein wenig gedrückt herum, sangen ihr auch ein Lied – das war ein bisschen unheimlich, denn da stand der Tod schon auf der Stirn, wie die Großmutter sagte, und der Pitter hielt sich an der Marie fest. Sie sangen alle Lieder, die sie kannten, aber die Kranke freute sich nicht.

Dann aßen sie in der überhitzten Küche, da lachten sie schon wieder und dachten gar nicht ans Weggehen. Welche Köstlichkeiten die Großmutter aber auch hatte: da waren heiße Kesten, dann Bratäpfel mit Honig und Nüssen und Gebäck. Und als die Bäuchlein schon ganz voll waren, gab sie ihnen eine riesige Tüte mit Lebkuchen für die Korlinger. Und dann musste sie noch eine Geschichte erzählen, und dann – und dann –… Dann hatte die Sonne schon einen roten Schimmer, da mussten sie wohl schnell machen. Die Großmutter brachte eine Decke. Die ist für eure Mutter, der wird immer so schnell kalt; ich hab' sie doppelt gelegt. Oh Hilfe, die ist viel zu schwer, sagt der Pitter. Ach was, die packst du. Aber so groß! So, siehst du, wie klein ich sie verschnüre. Und so packte sie sie ihm auf seinen Ränzel, dass sie über Kopf und Schultern hinausragte, dass man ihn gar nicht mehr sah von hinten. Die Marie kicherte, und der Pitter ärgerte sich –. Den Weg hinauf waren sie hundertmal schon gegangen. Also warum nicht schnell in die Kirche gelaufen und den großen Weihnachtsbaum betrachtet. Und da war ja auch noch die Krippe. Naja, das dauert eben, bis die Kinderaugen alles geguckt und gezählt hatten, die Sterne aus Stroh und die goldenen Haare der Engel und die Schafe im Stall mit ihren Lämmchen und natürlich Maria und Josef und das neugeborene Kind und dies und das mit Schau mal! Sieh mal! Und da! Und da!

Jedenfalls der rote Schein der Sonne war weg, Wind war aufgekommen. Und weil man den jetzt in der Kirche heulen hörte, erschrak der Pitter, riss die Marie mit sich, dass sie aufschrie, und rannte mit ihr raus zum Weg nach Korlingen. Es dunkelte bereits, die Wolken hingen tief, der Wind aus Osten war so stark, dass sie dagegen ankämpfen mussten. Sie stapften den Gang aufwärts, fielen hin und lachten noch – da fing er an, der gefürchtete Schnee, der den Weg noch glatter macht, der alles durchnässt von der Jacke bis zu den Schuhen. Es ist nicht einfach, glaubt mir, durch solch einen dicken nassen Schnee zu stapfen, wenn er so schnell fällt. Man sinkt ein, erst ein wenig, dann immer tiefer, und jeder Schritt ist ein Herausziehen aus dem Schnee und gleichzeitig ein Versinken des anderen Beins darin, viel schlimmer als Treppensteigen, da hat man ja eine feste Stufe unter sich. Aber dieser Schnee des Silvesterabends 1759 fiel so schnell, dass er Marie schon am halben Berg bis über die Knie ging. Die Schneekristalle trafen immer stärker die Augen, das tat weh, sie tränten. Und dabei wurde es immer finsterer. Es war ein so hilfloses Stapfen und Versinken und kein Vorankommen. Geradeaus ging es schon lange nicht mehr, weil sie hinfielen, sich aufrafften, mit den Armen wie mit Flügeln schlagend, nach rechts oder links tappten; eine Spur gab es nicht mehr, der Schnee hatte alles begraben –.

Endlich wird es flacher, sie haben fast die Höhe erreicht. Pitter nimmt Marie, die gerade mal wieder in einer Schneewehe versunken ist, bei der Hand, zieht sie empor. Hier bläst der Wind noch stärker, es verschlägt einem den Atem. Weiter muss es gehen. Wir sind auf dem Berg, ruft er ihr zu, und sie wendet ihr Gesichtchen ihm zu und lächelt. Das kann er gar nicht sehen, das Schneetreiben ist zum wütenden Sturm geworden, die Flocken, schwer und nass, sind groß wie Haselnüsse. Ja, es ist die Höhe. Pitter richtet sich auf, wischt sich die Schneeschicht von Stirn und Augen. Sehen kann man nicht, alles rundum ist grau, grau, dunkelgrau. – So, das letzte Stück, und dann gehts bergab, dann sind wir bald am warmen Ofen und trinken Milch mit Honig, schreit er Marie zu. Ein Balken steht plötzlich vor ihm, ragt in die Höhe, Pitters Blick geht nach oben – aber das endet in dem Gewirbel der Schneemassen. Er fasst ihn an – und schaudert: es ist der Galgen. So schaurige Geschichten hat die Großmutter davon erzählt. Gottseidank sieht Marie nichts und wischt sich bloß die Augen. Sie sind also zu weit rechts gegangen, vom Korlinger

Weg abgewichen, wie man das macht, wenn man nichts mehr sieht. Aber der Galgenkopf ist ja über Korlingen, es ist also gut, nur links müssen sie sich jetzt halten, mehr links, durch die Schlucht von Newig und Ombert, die Labach überqueren und schon sind sie da. Fest zieht er Marie an dem Unglücksort vorbei, wischt ihr den Schnee von Mütze und Jacke, klopft ihre Handschuhe ab. Aber sie ist müde, so müde von den tiefen Schritten und dem Versinken und Aufrichten, sie lacht nicht, sie weint nicht, sie will tapfer sein.

Gottseidank, jetzt lässt das Schneien nach. Aber hier oben bläst der wütende Ostwind und jagt den Frost eisig vor sich her, dass die letzte Wärme aus den Händen und Füßen gezogen wird. Es geht bergab, aber das Stapfen wird nicht leichter, kaum heben sich die Füße über die Schneedecke. So mühsam, so mühsam – ach, wären sie doch schon zu Hause. Pitter, wo bist du? Marie sieht nichts, nicht den Pitter, nicht die Hand vor den Augen, so dunkel ist es geworden. So geht es immer bergab, tiefer und tiefer. Sie mussten wohl den Weg zwischen Korlingen und Gutweiler überquert haben, jedenfalls versank der Pitter bis zum Kopf in einer Verwehung. Aber als es immer steiler bergab in die Schlucht ging und die Marie in ein tiefes Loch fiel und schrie – und er findet kaum ihre Hand, um sie herauszuziehen –, beschließt er umzukehren. Und jetzt werden die Schritte ins Nirgendwo allzu schwer – wer kann jetzt noch helfen –. Da stößt er gegen einen Ast, der lässt sich nicht wegschieben, es muss ein mächtiger Arm einer Fichte sein. Das Schneien hat aufgehört, aber der Frost fällt über sie und greift mit seinen Krallen ihre Glieder. Es macht keinen Sinn, einen Weg zu suchen, sie müssen abwarten bis morgen früh. Pitter schaufelt mit beiden Händen den jetzt frierenden Schnee unter dem starken Ast zur Seite, wirft sich mit den Schultern nach rechts, nach links und öffnet so einen kleinen Gang darunter. Am Stamm presst er mit aller Kraft die Schneemassen zur Seite, ein bisschen geht das.

Dann zurück. Marie, wo bist du? Hier! klang es kläglich. Er musste sie mit den Händen suchen, sie lag im Schnee, fast begraben. Mehr zog er sie, als sie nachkommen konnte – wie auch, sie sah ja nicht, wohin er wollte. Tastend suchte er die Wolldecke vom Ränzel zu lösen. Zieh die Jacke aus, die Hose auch! Und sie stießen sich in Augen und Ohren beim Ausziehen, Schnee rieselte, Pitter boxte in die Wände, aber Kraft hatte er keine mehr. Dann wickelte er die dicke Wolldecke um Marie, zog sie an sich heran, wickelte sie um sich – ihr wisst ja, es ist grässlich im Dunkel, man kann allen Mut verlieren. Und draußen raste der Wind und verharschte den Schnee.

Pitter teilte einen Lebkuchen und noch einen, das Süße durchströmte ihren Magen, jetzt war es schon etwas besser. Und es wurde ihnen ein bisschen warm, jedenfalls ein klein bisschen. Wir müssen keine Angst haben, sagte er, die Nacht geht vorüber. Naja, sicher, das tat sie. Aber da war die Kälte und die Mattigkeit. Und ein bisschen dämmerten sie jetzt vor sich hin und wären bestimmt gleich eingeschlafen. Aber Pitter, eine gute Idee war das nicht: weißt du nicht, dass man erfrieren kann, wenn man in frostiger Schneenacht einschläft?

Er wachte ruckartig auf, natürlich wusste er das, er musste wach bleiben. Marie schlief. Er weckte sie, steckte ihr wieder einen Lebkuchen in den Mund. Weinst du, Marie? Aber nein, der liebe Gott passt doch auf uns auf. Pitter schluckte und horchte in das Dunkel… der liebe Gott… das Dunkel… Er hörte sein Herz schlagen –. Weiß du was, morgen früh klettere ich auf die Fichte und dann weiß ich, wo wir sind, sagte er mutig. Dann winkst du, und der Vater kommt uns holen. Ja, Marie, so wird es sein, er wird kommen. Dann saßen sie still – Herrgott, da schliefen beide schon wieder ein! Sie träumten… Sie mussten ein oder zwei Stunden geschlafen haben, als der Pitter erschrocken Marie schüttelte, die nur so ein Lallen von sich gab. Aber schließlich hatte er sie wach, rutschte zum Eingangsloch und da – da glitzerten die Sterne an Himmel. Der Wind hatte sich gelegt, es war ungeheuer still. Komm, sieh mal, die Sterne! Und sie lugten aus ihrem Loch in den Himmel, ganz starr und kalt. Dann sank ihr Blick über die Ebene – und da waren auch kleine Sterne, die wankten und bewegten sich. Da war einer und dort. Wie die Irrlichter waren sie mal zu sehen, mal verschwanden sie. Aber jetzt hören sie auch ihre Namen! Die Eltern, ruft Pitter, sie suchen uns. Der Pitter reckt sich und schwenkt die Mütze und schreit – aber die Stimme ist einfach weg, er krächzt herum, bis die Marie nach Vater und Mutter ruft. Und das hören sie, die ausgezogen sind mit ihren Laternen, um zu suchen, nach allen Himmelsrichtungen, auf allen Wegen. Sie hören Marie und alle bewegen sich auf sie zu. Immer mehr kleine Lichter kommen zusammen und nähern sich. Auch der Pitter kann jetzt schreien und dann wieder nicht vor lauter Weinen. Aber Marie ruft immer wieder mit ihrer hellen klaren Stimme. Und so kommen sie, die Erwachsenen aus dem Dorf, walzen und stampfen und fluchen und fallen und schaffen so einen Weg und rufen immer wieder ihre Namen. Na, was muss ich den Schluss erzählen in dieser Silvesternacht, den kann sich ja jeder denken –. Hört mal, wie die Hunde im Dorf alle anschlagen, als würden sie die aus dem Schnee geborgenen Kinder begrüßen.

4 Das Feuer

Der Pitter war schon als Kind sehr mutig. Er sprang von der drei Meter hohen Mauer, kletterte im Walnussbaum bis in die Spitze, um die Eichhörnchen zu sehen und führte die Küh am Seil ohne Angst. Dazu war er – wie jedes Kind – ein Forscher, den alles Neue interessierte, ein findiger dazu, wie die folgende Geschichte beweist. So hatte es ihm im Sommer die Lupe des Großvaters angetan, gleich als sie ins Haus kam. Der Opa konnte nämlich nicht mehr gut lesen und brauchte das große runde Ding, hinter dem alles riesengroß wurde, die Kerze, die Fliege und das Auge der Marie. Nun war eines Tages das Glockenseil in der Kapelle gerissen. Der Pitter rast und bringt dem Küster ein altes Kuhseil. So ein Dreck, sagt der nur, so ein unwürdiges, der Pfarrer würde schon ein neues bringen. Sprachs und jagte den Jungen samt Seil hinaus. Tja, wie das so ist: der Pfarrer bekams gesagt, merkte sichs – oder nicht. Jedenfalls ein Seil kam nicht. Oder es gab gerade keins oder es war zu schwer für ihn oder jemand hatte es vergessen oder aber der alte Pfarrer merkte gar nicht, dass es nicht läutete, weil er arg schwerhörig war. Er bekams also wieder gesagt, sagte, er merke es sich und bekams wieder gesagt und sagte, er merke es sich, undsoweiter…

An einem Sonntag waren alle Korlinger auf den Feldern ringsum, um die Ernte zu besehen: den Stand
des Hafers und der Gerste, die Linsen und die roten
Viezäpfel. Die Jungen saßen derweil in der Speichert-
schen Scheune und der Pitter demonstrierte den an-
wesenden Buben die Brennkraft des Glases am Stroh.
Hui, wie fix das Hälmchen brannte, alle lachten und
klatschten in die Hände. Mädchen, die näher kamen,
wurden verscheucht – wer spielte denn schon mit
Mädchen! Und wieder ein Hälmchen – und noch eins
– ein dickes, hurra, das brennt auch. Und dann wirft
einer ein Büschel Stroh darauf. Ach mein Gott – das
raucht kurz und züngelt dann empor, dass alle er-
schreckt aufspringen. Und immer mehr, und nach
rechts, und nach links, da brennt dann auf einmal das

Stroh rundum. Lichterloh! Nichts wie raus, alle raus, der Pitter auch. Der Pitter feig? Na, da bleibt er vor der Kapelle stehen, dreht sich um – das Feuer frisst sich fort –, rennt hinein, um zu läuten. Ein kleines Feuer konnte das ganze Dorf vernichten, Heu und Stroh gab es überall und die Decken und Dächer waren aus Holz. Läuten! Aber wie denn? Er sah nach oben? Das Seil war ja kaputt und die Glocken so weit oben, keine Leiter, so hoch – wie sollte da ein kleiner Junge dran kommen? Alle Männer und Frauen des Dorfes waren fort. Nur die Kinder waren zurückgeblieben, die Jungen, und die Mädchen, die da mit ihrem Seil herumsprangen. Da brüllte Pitter die Jungen aus ihren Winkeln und Verstecken heraus, und da er ihr Anführer war, kamen sie. Räuberleiter! schrie er, und sie begannen. Aber außer mit Johann war mit den Knirpsen nichts zu machen. Hoppla, und schon fiel sie nach zwei Metern zusammen. Ihr könnt euch vorstellen, dass man schon ein paar Meter mehr braucht, um ganz nach oben zu kommen –. Der brenzlige Geruch des Brandes drang bis in die Kapelle. Der Pitter rappelte sich auf, rannte raus, da sah man die leuchtenden Flammen schon aus dem Scheunentor kriechen. Jetzt zu den Mädchen, hilft nichts, Not kennt kein Gebot, Katharina, komm, Feuer! Und er zieht sie in die Kapelle. Sie fangen von vorne an, der Pitter zuunterst, dann Johann, dann Katharina, Nikla schafft es, ja, er schafft es bis nach oben, da ist ein Haken, an dem er sich festhalten kann. Der Turm steht. Regina und Anna schauen zur Tür herein. Komm, hilf, steig auf, Anna! schreit Katharina. Ui, jetzt wird es schwer, der Pitter stöhnt, der Schweiß läuft ihm in die Augen, er kann es bald nicht mehr, stemmt sich mit der Schulter fest an die Wand. Dann etwa Leichtes, aber er spürt dennoch die Last: Anna klettert über Köpfe, Ohren und Schultern und ist schon oben. Sie kann die Luke greifen, aber, Himmel hilf! nicht die Glocke. Ich komme nicht dran, ruft sie und blickt nach unten. Oh, wie hoch das ist! Schnell die andere Hand an die Luke. Es reicht noch nicht! ruft sie wieder. Und der Pitter sackt fast zusammen und schließt die Augen vor Schmerz –.

Hilfe! Hilfe! brüllt er – und merkt plötzlich eine leichte Bewegung: schnell wie ein Kätzchen klettert die Regina, die kleinste, empor, man spürt sie kaum, so leicht ist sie. Und schwupps! ist sie im Turm. Sie schiebt die Glocke. Die Regina, ein Floh – die Glocke, ein Bär – wie soll das gehen? Ach ja, wie schwer sie ist. Mach, mach! schreit Katharina. Den Glöppel, sagt der Pitter, denn schreien kann er gar nicht mehr. Schieb den Glöppel! schreit der Johann.

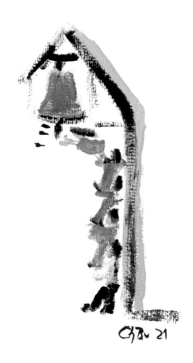

Da beugt sie sich vor, macht sich ganz schräg, die Füße gegen den Balken, und jetzt schiebt sie den Glöppel. Dong! Himmel, wie laut, sie hält sich die kleinen Ohren zu. Aber es hilft ja nichts. Weiter! ruft es von unten. Der beißende Brandgeruch dringt schon in die Kapelle. So schiebt sie den Glöppel, fängt ihn beim Zurückgehen, schiebt ihn – das ist wie bei einer Schaukel, es geht immer höher. Die Ohren tun weh, doch drei Mal, vier Mal… zehn Mal. Dann kann sie nicht mehr. Wenn du schon lesen könntest, kleines Ding, würdest du die Inschrift auf der Glocke verstehen: „Jesus, Maria, Joseph Orate pro Nobis". Und das braucht es auch, denn die Kraft der Untenstehenden, Pitters, Johanns, Katharinas ist am Ende. Runter! rufen Pitter und Katharina wie aus einem Munde. Und dann klettern, hängen, fallen, drängen sie hinunter, stoßen den anderen Nasen, Augen und Ohren, treten auf die Köpfe und wehen Schultern und purzeln zuletzt alle übereinander auf den Boden.

Wasser! ruft Pitter, rappelt sich auf und ist schon raus. Aber die Erwachsenen auf den Feldern haben Rauch und Glockenklang bemerkt und kommen gerannt. Dann geht es Eimer um Eimer in der Kette vom Brunnen. Aber knapp wirds doch, die Flammen schlagen schon bis zum Dach und es ist furchtbar heiß. – Naja, aber dann ist der Brand doch gelöscht. Es riecht ganz furchtbar. Johann, Nikla und die andern verschwinden wie die Wiesel, da steht der Pitter allein, verraucht, verbrannt an den Wimpern und versengt am Haar und schwarz im Gesicht. Der Vater tritt auf den letzten Feuernestern herum. Und da findet er das zersprungene Brennglas auf dem Boden – und kommt auf ihn zu. Er hat das Läuten gemacht, sagt die Katharina, die plötzlich neben ihm steht. Na, hilft nichts: der Vater gibt ihm eine Ohrfeige, dass er glatt hinfliegt. Das war gerecht – hm… Jedenfalls tritt der Großvater dann zu ihm, als er sich aufgerappelt hat und alle fort sind, legt ihm die Hand auf die Schulter und nimmt ihn mit ins Haus.

5 Der blaue Schiefer

Der Winter war streng, so furchtbar kalt, so furchtbar lang, der Holzvorrat war im März aufgebraucht; das ging noch einigermaßen, saßen halt alle in ein oder zwei Küchen im Dorf zusammen und wärmten sich. Aber Vorräte hatte man auch bald keine mehr, das Obst war wegen später Fröste ausgefallen, und in Korlingen gabs sowieso nur kleine Äpfel, Viezbirnen und als Delikatesse Zwetschgen. Dann war ein allzu trockener Sommer gekommen, so war das Mehl knapp. Das Schwein war schon geschlachtet, jetzt ging es an die Kaninchen und Hühner – das war auch gut so, denn Futter hatte man auch keines mehr –.

Eines Abends, eine Kerze brannte, man hatte gebetet, jetzt wurde eine Tranlampe angezündet, eines Abends also sagte der Vater vom Pitter: Mit Steinen würde es uns besser gehen. – Das verstand natürlich keiner. Er musste erklären, dass in Trier viel gebaut würde, mit was wohl? – Ja und? – Na, man könnte welche brechen und verkaufen. – Wo? Die kleinen Korlinger Brüche gäben doch nicht viel her. – Gänge müsste man graben, oben im guten Schiefer, dem blauen. – In die Erde, ach Gott, in das Dunkle, Nacht sei da, und ein Licht dürfte man keins brennen, weil es den Atem stehle. Und einstürzen würde es regelmäßig, das wüsste er vom Vetter aus Fell, sagte ein anderer. Und krank würde es machen, und Teufelswerk, sie seien Bauern undsoweiter. – Schweigen. – Man stützt die Stollen, so heißen die Gänge, mit Balken, sagt da der Pitter. Und alle vierzig Augen sehen den jungen Kerl von 19 Jahren an. Da nimmt er drei Holzscheite und stellt sie auf, zwei seitwärts, einen quer drüber. – Schweigen. – Viel Holz, sagt einer. Viel Geld, sagt Pitters Vater. – Davon könnten wir Vorräte kaufen, sinniert einer. Ja, das wär was, nicken alle mit den Köpfen. – Aber der Abt wirds nicht zulassen, er hat sonstwo Gruben, das reicht. Da steht der Pitter auf: Wer Hunger hat, muss wagen! Wir gehen zum Abt! – Tja, und dann ist das Schweigen übermächtig, man hört das Feuer im Ofen prasseln, den Tran in der Lampe spritzen; und was sieht man: gesenkte Köpfe; und was hört man: nichts – nichts dafür und nichts dagegen. Feig sind die Menschen, wenn es um die Obrigkeit geht. Da kann man nichts machen, heißt es, das ist aussichtslos, nutzt alles nichts, zuletzt kriegt man noch eine Strafe, das war schon immer so…

Kinder, marsch ins Bett! sagt die Katharina. Und weil das Schweigen so unheimlich ist, das wird wohl nichts mit Geschichtenerzählen heute Abend, verziehen sich alle ohne Murren. Und manchmal braucht der Pitter bloß so einen Anlass oder eine Bemerkung oder ein Ding, um eine Idee zu haben: Ich gehe! Morgen! – Die Feiglinge, sie widersprechen nicht einmal. Aber da tun sie Recht daran, sonst hätte der Pitter ihnen den Kopf gewaschen. Hm, wie soll das jetzt gehen? Der Pitter allein zum Abt? Der wird ihn auslachen oder in Stücke reißen, armer Pitter –. Aber seht ihn euch an: da steht er am nächsten Morgen in der schmutzigsten Hose, der Jacke, wo man die Fäden zählen kann, der schwieligen Kappe, Rotz unter der Nase, ganz alt sieht er aus, dazu noch die klebrigen Haarsträhnen. Und, oh Gott! wer ist das: das ist doch nicht die Marie, und hier, die Kleinen, und da sind noch drei Schmuddelkinder. Aussehen tun die wie das leibhaftige Elend, verschmiert, die Haare zerschnitten, die Hosen zu kurz, die Röcke aus Lappen. Ruß, Mist und Grünspan haben den Rest gegeben. Ihr, weg da! kreischen die Mütter. Aber der Pitter hebt sie einfach auf das Fuhrwerk; da steht der uralte Gaul aus Gutweiler, der noch das Gnadenbrot frisst mit seinem fleckigen Fell, die Knochen stehen heraus, Zähne hat er auch keine mehr. Katharina, du musst auch mit, sagt er und zieht sie am Arm. Sie befreit sich mit einem Ruck, funkelt ihn nur an. Du blöde Geiß! sagt er, und autsch! hat er eine sitzen. Er hinter ihr her, zieht sie fest am Arm: Es ist nicht für mich, es ist für alle! Da sieht er, dass sie grünblaue Augen hat, sieht ihre langen braunen Zöpfe, sieht, dass sie das hübscheste Mädchen im Dorf ist. Wenn es Liebe auf den ersten Blick gibt, muss es auch Liebe auf den ersten Schlag geben, jedenfalls sieht er jetzt ganz anders als früher –. Und sie? Na, sie schaut ihn prüfend an – und nickt. Nach einer Weile kommt sie, die Haare gelöst und zerzaust, einen uralten Rock, eine schwarze fettige Schürze, verdreckte Stiefel, eine Jacke, schmutzstarrend, vom Bruder, einen Rußstrich von der Stirn übers Auge zur Wange, einen dunkeln Fleck am Kinn, sie sieht bezaubernd aus – für den Pitter. Und jetzt ist es beschlossen: die oder keine!

Kurz vor Trier, an den Kaiserthermen, erklärt der Pitter den Kindern, dass sie Hunger! rufen sollten. Aber das ist überflüssig, Hunger haben sie immer. Elend müsste ihnen sein, auch das ging hin, denn obwohl sie auf Stroh und unter Decken gefahren wurden, waren die Nasen rot und die Wangen bleich bei der Kälte, sie schlotterten an allen Gliedern. Hier noch ein bisschen Matsch und da noch, weiter gings.

Dann in die Toreinfahrt vom Kloster St. Martin, sie werden gemeldet, ein Kaplan kommt. In der Küche, oh, wie ist es warm da vor dem riesigen offenen Kamin, oh, wie schmecken die frischen weißen Wecken, oh, wie süß ist die warme Milch! Ach, die armen Kleinen, wie elend sie aussehen, und wie sie essen! Der Kaplan gibt für die Korlinger Vorräte mit, nicht allzuviel, aber immerhin, er ist ein Christenmensch. Der Pitter bittet um mehr, das reiche hinten und vorne nicht. Da schickt er sie vom Hof. Misericordia! ruft der Pitter, Hunger, Hunger! rufen die Kinder im Chor. Eine Frechheit ist das, brüllt der Kaplan. Misericordia! brüllt der Pitter zurück, Mitleid! Na, das muss der Abt doch hören; und er hört es und kommt, sieht die schmutzigen Gestalten und bleibt zwei Meter zurück. Der Pitter trägt vor, hei! der redet wie ein

Pfarrer oder ein Advokat, es geht ihm wie Feuer von der Zunge: dass sie so arm seien und bäten, einen Steinbruch bauen zu können; er redet den Abt ganz dusselig. Mit blauem Schiefer, nicht dem grauen Bruch, der blaue sei selten und wertvoll. – Wertvoll, ja, da spitzt der Abt die Ohren: durch die Trockenheit stehen die Finanzen des Klosters auch nicht zum Besten, also hört er zu, fragt nach, überlegt –. Da, plötzlich kommt die Katharina, kniet vor dem Abt nieder, schaut ihn flehentlich an – mehr nicht. Tja, mehr braucht es auch nicht, da haben sie das Versprechen und bekommen eine Woche später die Urkunde, ,nachzusehen, ob sie nicht eine Leykaule alda erfinden, umb sich durch selbige desto besher zu erhalten und zu ernähren'. Der Kaplan grummelt vor sich hin. Und den Zehnten alle sechs Monate, ruft er ihnen hinterher.

Auf dem Heimweg lacht der Pitter, als sie neben der Fuhre mit den Kindern im Stroh den Filscher Berg hochziehen. Was ist das? – Da kniet er plötzlich vor der Katharina und schaut so rührselig zu ihr hin mit dem Schalk im Nacken – da holt sie aus und – aber diesmal ist der Pitter schneller und auf. Teufelsweib! sagt er und küsst sie mitten auf den Mund. Die Hand lässt sie fallen. Teufelskerl! sagt sie und küsst ihn zurück, und dann lachen beide. Damit ist für den Pitter und die Katharina bezüglich der Zukunft alles geklärt. – Und die Kinder? Die haben nichts gesehen und träumen von Weißbrot mit Milch. Träumt weiter, ihr süßen Kleinen, es kommen einmal bessere Zeiten.

6 Das dicke Reh

Seit seiner Jugend war der Pitter der beste Schütze im
kleinen Dorf. Zwischen Irsch und Waldrach gab es
keinen Preis, den er nicht auf einem der Schützen-
feste ergattert hätte. So musste er also immer heimlich, weil verboten, in den Wald, wenn ein Fest be-
vorstand. Na, es wäre gelogen, wenn er das gern getan
hätte. Er beobachtete das Wild lieber, folgte stunden-
lang einer Fährte – und schoss dann nicht –. Zurück-
gekehrt gab er an, nichts gefunden zu haben, obwohl
das Rotwild ganz unverschämt die Gärten plünderte
und die Wildschweine die Äcker verwüsteten. Bei der
Jagd traf er leider auch nie. Das liege, sagte er, am
Boden, ein guter Schütze brauche einen festen Stand.
Manche sagten, er schieße bewusst darüber. Nun ja,
das kann man so oder so sehen. Jedenfalls hatte der
Pitter verflixt selten Jagdglück. So war er nun mal, ein
Tierliebhaber. Und dafür wollte ihn der liebe Gott
einmal belohnen.

Allerheiligen stand bevor, er sollte wieder in den
Wald. Da hatte der Pitter aber seine Büchse verloren… Pech, die anderen fanden sie in der Scheune
unterm Heu. Und die Munition – er hatte ganz vergessen, wo die war… Man fand sie. Da half also alles
nichts, er musste los. Und wehe, wenn er nichts heim-
brächte! Es sind zu viele, sagte sein Vater, was sollen
die denn alle fressen, sie werden verhungern. Du

hilfst ihnen nur. Und er klopfte ihm auf den Rücken, so fest, dass er sich bewegte – Richtung Wald.

An der Fliehburg vorbei, dann abwärts ins Tal, der Ruwer zu. Es war ein so herrlicher Morgen. Pitter ging der aufgehenden Sonne entgegen. Doch da war nur der dunkle Boden unter ihm, er sah nicht links und nicht rechts. Wenn ich nichts finde, was kann ich dafür? – Ein Rascheln, Tritte, ein Reh, ein großes, das schöne sanfte Braun, das Spiel der Ohren, der Schweif. Es verschwindet hinter den Büschen. Ich helfe ja, es sind zu viele, murmelt der Pitter. Er verfolgt das Tier mit leichtem Schritt. Es findet ja kein Futter, es muss sein, es frisst ja schon die Rinde. Mit vorsichtigem Gang umgeht er gegen den Wind das äsende Reh. Dann, den Lauf an der Wange, den Finger am Abzug – das Tier schaut ihn an, es sieht ihn mit ganz großen Lichtern an, Pitter erstarrt. Herrgott, es kommt auf ihn zu, diese großen Augen, diese breite Schnauze… Der Pitter lässt die Flinte sinken: die Schnauze…, eine Blesse…, der wuchtige Körper –.

Wir warten, ob sie einer vermisst, sagt der Vater, als Pitter ganz stolz mit dem Tier ankommt. Das Kalb reibt sich an seinem Arm und alle staunen. Und keiner ist ihm böse, dass es zu Allerheiligen wieder nur Kohlsuppe und arme Ritter gibt. – So kamen die Korlingen zu einer braunen Kuh, weil niemand sich meldete. Die Korlinger fragten auch nicht besonders eifrig nach, denn das Jagen war ihnen sowieso verboten. Der Vater baute einen zweiten Stall neben Hug, dem jungen Pferd, da war sie jetzt. Und noch heute sind alle Kühe auf den Weiden zwischen Korlingen und Gutweiler Nachkommen seines ‚dicken Rehs'.

7 Der Plan

Als der junge Abt Lejeune über den Büchern saß mit all den Rechnungen, Quittungen von Pachten und Zehnten und Ankauf und Verkauf, Papier, Papier überall, den Haufen von Münzen und Scheinen und Urkunden zu diesem und jenem, dachte er – wenn denn die Zahlen aus seinem Hirn gingen –, er sei ja eigentlich der geistliche Oberherr des Klosters. Abt sein als oberster Rechnungsprüfer, als Gerichtsherr, als Kapitalgeber – und Abt sein mit Herz und Seele und der Sorge für das Seelenheil seiner Confratres, der Gemeinde, der Dörfer – ja, das ging mitunter nicht so recht zusammen. Wir wachsen mit unseren Aufgaben, hörte er den alten Abt. Und das noch: Bewahre dich vor den Geschenken der Korlinger! Denn da lag er wieder, schon der zweite Bittbrief der winzigen Schäfchen über der Ruwer. Er erinnerte sich noch sehr gut an die vorjährige Viezgabe an das Kloster. Zuletzt hatte der Küchenmeister ihn in Schüsseln in der Speisekammer aufgestellt – gegen die Mäuse. Oh, der war sehr zufrieden gewesen. Nun ja, immerhin einer –. Aber da lag ja kein Geschenk, sondern ein Bittbrief. Aufdringlich, diese Korlinger. Als hätte er nicht andere Güter und Kirchen zu verwalten, vor allem wichtigere.

Aber eines Tages im Jahr 1769 stand morgens der Schreiber der Briefe, der Pitter, leibhaftig vor ihm.

Ein hochgewachsener schlanker Bursche mit leicht gekraustem Haar, hoher Stirn, Adlernase und einem durchdringenden Blick – ein Leuchten von Schalkhaftigkeit in den Augen. Und elegant in den Bewegungen, obwohl er doch nur ein Bauer war. Sie seien jetzt keine fünf Höfe mehr, sondern 13 und fänden keinen Platz für fromme Andacht in dem winzigen Raum. Er möge sich das vorstellen wie beim Vieh, das man ja auch nicht zahllos in den Stall pferchen könne. Oder wie die Weinstöcke, von denen jeder seinen Platz brauche, um zu gedeihen. Der Mensch sprach in Bildern. Der Abt schwieg. Er rief den Kaplan.

Ob der ehrwürdige Abt ihnen nicht helfen könne, zur Ehre Gottes eine größere Kapelle zu errichten. Die Ehre Gottes, ja, die muss oft herhalten, dachte der Abt. Unverschämt, diese Leute, dachte der Kaplan, wo wir gerade das Nötigste haben. Das Nötigste, Kaplan? Hast du nicht deine Mahlzeit jeden Tag und jeden dritten Fleisch, und Butter und Wein dazu? Nicht groß, sagte der Pitter, bloß für sie selbst. Das wären 15 Ellen. Und für Hochwürden, wenn er sie besuchte, da stünde dann ein geschnitzter und gepolsterter Stuhl bereit … dazu bräuchten sie dann nochmals 15 Ellen. Und für den Altar und den Priester dahinter nochmal so viel … Und für den Kaplan, den der Pitter ganz sanft anlächelte, wären auch noch je nach seinem Umfang zwei oder drei Ellen anzuschlagen. Oh du gemeiner Pitter, das war unklug, das wird sich rächen!

Wenn ich wollte, wie ich könnte, wollte ich auch alles, donnert der Kaplan, eure Zehnten sind mager, kaum Korn, kein Vieh, kein Obst und euer Viez wird euch einmal alle umbringen! Sacht, Kaplan, sacht, es sind Menschen, beschwichtigt der Abt. Sie haben Träume, sagt der Kaplan. Träumt weiter, wir haben kein Geld für eure Phantasien! ruft er. Ärgert er sich etwa über den Pitter? – Da schweigt auch der Abt, denn mit dem Geld, das ist ja immer so eine Sache. Hat man es nicht, reicht es zu nichts; hat man es, ist es zu wenig. Die Zahlen, ach, die Zahlen. Ja, Abt, so ist es: die Zahlen verstören der Menschen Herz. Der Pitter sah, dass hier nichts mehr zu machen war, küsste dem Abt die Hand, verschluckte den Teufel und grüßte den Kaplan. Raus hier, nichts wie raus. Pitter, was hast du gedacht: die Welt tanzt nach deiner Pfeife? – Na, aber so etwas beißt und zuckt am Herzen und reißt einem den Magen auf, dass es schmerzt. Pitter marschierte durch Kürenz, marschierte noch schneller den Filscher Berg hinauf, marschierte, marschierte – und es wurmte ihn gewaltig. Und es biss der Wurm in seinen Eingeweiden wie Essig, der biss und biss – bis er beim Hinuntergehen nach Korlingen einen Plan entwickelt hatte. Der Kaplan sollte an sie denken, stand doch der Zehnte bevor –.

So kam es, dass einen Monat später eine Lieferung unbehauener Schiefersteine in St. Martin eintraf. Und einen Tag später noch eine. Und noch eine tags darauf. Der Hof stand voller Steine. Aber es kam noch eine Fuhre, da war ein Fass dabei. Die Brüder, die alles umladen mussten, schimpften, murrten laut und beschwerten sich lautstark am zweiten Tag, als die Wunden durch die Bruchsteine zu arg waren. Oh, tat das weh, sollte doch der ganze Korlinger Schiefer zur Hölle…

Der Abt beruhigte sie mit dem Fass aus Korlingen. Na, was für ein Fehler! Als sie nämlich in der Mittagspause des nächsten Arbeitstages das Getränk zu kosten bekamen, schrien sie. Sie waren Wein gewöhnt, und das war Viez, und zwar von der Sorte, die einen alles andere als lustig machte. Mit verzerrten Gesichtern und die Hände rundum verbunden konnten sie schlichtweg nicht mehr arbeiten. Schrei du nur, Kaplan, du rührst ja keinen Finger!

Sie setzten sich auf den Boden –. Der Pitter kam wie zufällig vorbei und fragte den Abt, ob es nicht ein wunderbarer Zehnter dieses Jahr sei. Drei weitere Fuhren stünden bereit, ja, auf die Korlinger könne man sich eben verlassen. Zwei Fässchen seien von dem köstlichen Getränk auch noch da. Der Abt, der inzwischen seine Erfahrungen mit den Menschen gesammelt hatte, schaute den Pitter von der Seite an. Der sah ganz frohgemut auf die unordentlich aufgesetzten Steine, winkte den Mönchen zu. Vor dem Fass hatte sich eine Pfütze ausgebreitet bis zum Tor, die roch so furchtbar sauer, dass die Hühner ins andere Eck geflüchtet waren. Es sei doch wohl alles recht? wagte der freche Bursche noch zu fragen. Übertreib es nicht, Pitter, siehst du die finsteren Blicke nicht? Es geht um ein Häuslein Gottes – nicht um deine Rache. Der Abt biss auf die Zähne. Wie groß sollte nochmal die Kapelle werden, fragt er. Ach, die Kapelle hätte er jetzt gar nicht im Kopf. Hund! zischt der Kaplan. 15, und 15 für den Altar und für Hochwürden 15 – ja und noch eine Elle für …. Für was? kommt es vom Kaplan. Er könne sehr gut in der ersten Bank sitzen, wirft der Abt ein. Aber nicht doch, Hochwürden, die Exzellenz wäre doch stets –. Schluss jetzt! Der Abt schnappt nach Luft, geht wortlos ins Kontor, schreibt für den Mörtel, den Putz. Holz und Steine hätten sie ja wohl selbst, 16 Brabanter für die Maurer. Ob nicht auch Glas für die Fenster nötig sein? Der Abt beugt sich und schreibt. Und Farbe, sagt Pitter so leise, dass man die Mücken am Fenster summen hört. Der Abt beugt sich noch tiefer. Und Farbe, schreibt er.

Jetzt ist ihm auch noch der Appetit vergangen. Er reicht dem Kaplan das Papier, damit es kopiert wird und das Siegel bekommt, erhebt sich, hält dem Pitter wortlos den Ring hin. Und raus ist er. Bleiben bloß der Pitter und der Kaplan. Dem zittert das Papier in der Hand, er ist ziemlich bleich für einen gut genährten Kaplan. Das ist schlecht für den Magen, Kaplan –. Der Pitter, ganz förmlich, ganz höflich, dankend, die Großmut des Abtes preisend – und der Kaplan sieht durch ihn hindurch wie durch ein Pergament aus Schweinshaut. – So ließ die Gemeinde im Monat drauf von vier fahrenden Maurerleuten in 16 Tagen eine neue größere Kapelle bauen, mitten im Dorf, auf einer kleinen Höhe, mit einer Apsis und fünf großen Fenstern. Sie waren außerordentlich fleißig, fingen morgens um drei Uhr an und hörten spätabends auf. Kost und Logis hatten sie im Dorf. Die Bauern bauten das Dach und noch ein Türmchen aus Holz im Westen für eine Glocke. Glaubt mir, die Korlinger waren mächtig stolz. Und dann bekam der Pitter endlich seine Katharina zur Frau.

8 Der schwarze Stollen

Aber was ist das denn, da hing doch vor einer Woche noch so ein schwarzes Brot über der Haustür, kohlrabenschwarz war es – was hatte das denn zu bedeuten? Das ist schnell erzählt: Ehepaare lieben sich – und zanken sich, gelegentlich. So auch der Pitter und die Katharina. Das konnten sie schon nach zwei Ehejahren schon ganz gut, aber selten. Und das Versöhnen auch, denn davon lebt ja eine gute Ehe, und das ist ja das Schönste dabei. – Na, aber eines Abends Anfang Dezember hat es doch mehr als gewöhnlich gekracht. Da geht der Pitter nach dem Abendessen nochmal ums Haus, als die Katharina den Weihnachtsstollen in den Ofen schiebt. Die Kühe: ruhig; Hug: steht still; die Hühner: im Stall; das Schwein: liegt und grunzt im Schlaf; die Ziege:… die Stalltür sperrangelweit offen, der Pitter geht hinein. Wo ist die Ziege? Er fasst hierhin und dorthin und verdammich! in einen Nagel am Brett, man sieht ja auch nichts. Teufel, kann der fluchen! Katharina! ruft er. Doch die hört beim Holznachlegen nichts. Da rennt er raus in die Nacht. Wütend stapft er Richtung Wiese, wo der Ausreißer wahrscheinlich zu finden ist. Oh je, gerade heute scheinen ihm keine Sterne, denn die Nachbarskinder, ja, so sind sie, die Kinder: legen hier etwas hin, lassen dort etwas liegen; ja gleich, sagen sie, wenn sies wegräumen sollen – und vergessen ists. Naja, da schlägt er lang hin, der Pitter, über den Kleinen ihren Holzkram, rafft sich auf; patscht zwischen nasser Wäsche herum, wirft sie zur Seite, bloß die windet und wickelt sich um seinen Hals, und rumms! da ist er schon wieder gefallen. Er fuchtelt herum, torkelt wie betrunken – ui! weich, nass, stinkend, das ist der Misthaufen.

Katharina! schreit der Pitter und reißt sich das versch… Laken mit ebensolchen Händen vom Hals. Jetzt ist er ganz ordentlich am Kochen, wischt sich den Zornesschweiß von der Stirn – und stinkt jetzt endgültig rundum. Katharina! brüllt er und stapft hastig zum Haus, ei, da stolpert er schon wieder über den Holzkram. Und jetzt gehen die kochenden Säfte bis ins Hirn. Rein ins Haus, da lacht die Katharina auch noch, als sie ihn sieht. Da ist der Verstand gar gekocht: er schreit und brüllt und rast, und schön immer mit der versch… Hand durchs Haar, fein riecht das nicht −. Die Katharina wird ernst, weil, jetzt beschimpft er sie, sie passe nicht auf, sie ließe das Vieh davonlaufen, sie werde nachlässig, sie treibe einen in den Ruin, sie denke nur an das blöde Backen undsoweiter. − Eigentlich kann sich der Pitter schon selbst nicht mehr hören, geschweige denn riechen, aber er zetert weiter, reißt das Hemd entzwei beim Ausziehen, wischt sich gerade wieder über die Augen, ekelhaft, alles wegen ihrer blöden Wäsche, die da rumhängt, das muss doch nicht sein. Und sie sei an allem schuld, die Nachbarskinder lassen alles stehen und liegen, wo sie wollen. − Dann stapft er zum Wassertrog, aber das hilft leider auch nicht, denn das eiskalte Wasser verdampft auf dem kochenden Hirn und versetzt ihn nur noch mehr in Rage, weil der Mist nicht abgehen will und schmiert wie Seife. Zurück ins Haus, da steht er mit nacktem Oberkörper; das hätte das Zeug zu einer Romanze. Aber da steht die Katharina, blitzt ihn an, und schwupp! da hat er das zerrissene, übel stinkende Hemd im Gesicht. Und jetzt schreit sie ihn an nach Strich und Faden, oh ja, sie kann das auch! Aber das lässt er sich nicht gefallen, er schreit zurück.

Und so schreien sie weiter; da sind plötzlich ganz alte Rechnungen dabei, die scheinbar nicht beglichen wurden. Und ganz neue erscheinen, die ganz unbekannt waren. Wie das eben so ist bei einem echten Krach: es geht eine Stunde hin und her, nicht vorwärts, nichts rückwärts, und keiner kann raus aus dem Teufelskreis. – Die Kerze war inzwischen niedergebrannt. Die beiden sitzen im Dunkel, er links in der Ecke, sie rechts im Herrgottswinkel. Schweigen, Schweigen und nochmal Schweigen. Dann geht der Pitter ins Bett und die Katharina in die gute Stube, wo sie sich das Bettzeug hinlegt. – Er ist ein Ekel, und das weiß er. Ist er jetzt trauriger über ihren Streit oder über seine Blödheit? Und was da für alte Sachen rausgekommen sind… Er starrt bis in die tiefe Nacht an die Decke, komisch, so allein –. Da, ein Schrei, die Katharina! Aus dem Bett, in die Küche: da steht sie fassungslos vor einen schwarzen Scheit Holz auf dem Herd. Und dann, Herrgott! erkennt er den Schaden: der Weihnachtsstollen ist über ihren Streit im Ofen verkohlt. Da weint sie und er nimmt sie in den Arm. – Na, ein Anfang der Versöhnung wäre das schon mal, und geredet wird noch die halbe Nacht. – Aber damit sie auch andauert, die Versöhnung, nagelt er am nächsten Morgen das wertvolle Stück mit Nüssen, Rosinen, den kostbaren Orangen und Zitronen an die Wand über der Haustür. Da düftelt es immer ein bisschen nach einer verrauchten Wut. Und das hilft, denn das war ihr allerletzter Streit. Sagen sie. Aber jetzt ragt da nur noch der rostige Nagel hervor, aber auch so ein Nagel kann mahnen –.

9 Die Stellvertreter

Die Kapelle in Korlingen wurde nach dem Bau 1771 den Heiligen Johannes und Paulus geweiht. Da hatte der Abt Lejeune vom Kloster St. Martin in Trier den Korlingern zwei Statuen der Patrone versprochen. Oh, wie sie ihm da die Hand küssten und sich so schön angemalte lebensgroße Figuren vorstellten. Oder wars nicht so, dass der eine einen Krieger mit Schwert und der andere einen lockigen Jüngling in Samt und Seide vor sich sah; beim letzten schwebte noch eine Taube darüber. Wunderschön musste das werden.

Auch der Pitter hatte dem Abt die Hand geküsst und ganz frech gefragt: Wann? Er müsse sich in Geduld fassen, das sei eine christliche Tugend, belehrte ihn der Abt. Nun ja, erwiderte der Pitter, eine menschliche Geduld habe er schon, aber zu einer himmlischen fehle ihm der Faden. Da schaute ihn der Abt nur pikiert an und ging seines Weges. – Ja, und dann war der Sommer vorüber, der Herbst kam. Der Pfarrer sollte wieder nachfragen. Aber der war immer schon sehr vergesslich. Herr Pfarrer, sagte der Pitter, erklären Sie dem Abt, dass ohne den Hl. Johannes unseren Hirten der Patron fehlt und ohne den Hl. Paulus die Lehre unseres katholischen Glaubens in Gefahr geraten könnte, die Ketzer stünden schon in der Pfalz. Der Pfarrer war erschüttert und lief nach Trier – und hatte es scheinbar schon wieder vergessen. Es kam nämlich nichts.

Himmelherrgottsakkerment, versprochen ist versprochen! maulte der Pitter bei der Katharina. Warten ist nicht deine Stärke, sagte sie nur. Und da sie ihn jetzt küsste –, tja, da waren die Gedanken beim Pitter erst mal verscheucht. Noch einen Kuss undsoweiter. Ich warte eine Woche, sagte er, als sein Verstand wieder herauskam aus der Ecke, in den der Pitter ihn beim Küssen verbannt hatte. Und seine Wut war wieder da. Und sie biss und bohrte die ganze Woche über, bis dann, oh ja, jetzt langts! Dann ging er nach Trier. Dort traf er nur den Kaplan – und das war schlecht. Der hatte die Abrechnungen falsch geführt und war beim Abt in Ungnade gefallen. Jetzt musste er die

Frühmesse halten, wo er doch so gar nicht morgen-
froh war und eine herzliche Kälte beim Gottesdienst
verstrahlte. Ui, der hatte auch so eine Wut im Bauch;
und so prallten sie aufeinander. Erst gehts ja noch ge-
sittet zu. Es sei versprochen. – Sie hätten andere Sor-
gen. – Zum Abt! – Nicht da! – Seit Monaten nichts
getan! – Halts Maul! – Untätiger Pfaffe! – Dummer
Bauer! – Scher dich zum Teufel! – Oha, mit diesem
wahrhaft nicht christlichen Gruß endet der Disput.
Der Pitter zurück, über Filsch den Berg hoch, stapft
und stapft, stapft sich die erlittene Demütigung aus
dem Kopf. Und das ist gut so, denn da hat der Pitter
schon wieder so eine Idee.

Am nächsten Sonntag stehen zur Messe zwei Holz-
klötze auf dem Tisch, der den Altar bildet; einen echten haben die Korlinger nämlich noch nicht. Ich sage
euch, Klötze wie gerade aus dem Wald genommen,
Eiche, dick wie ein kleines Fass und hoch wie ein
Stuhl. Der Pfarrer bleibt in der Tür stehen. Pitter,
was ist das? Unsere Heiligen, Ehrwürden, links der
Hl. Johannes, rechts der Hl. Paulus. Pitter, das sind
Götzen! Aber Hochwürden, sie sollen ja noch ge-
schnitzt werden. Nimm sie herunter! Aber der Pitter
hatte es im Kreuz – und der Johann auch – und der
Nikla hob sie, aber sie waren viel zu schwer, hm… So
standen sie also. Und der alte Pfarrer sagte sonntags,
sie sollten weg. Aber der Pitter und der Johann hatten
es immer noch im Kreuz, andere Männer waren nach
der Messe plötzlich weg. Naja, so standen sie, die un-
geschnitzten Heiligen. – Solche Merkwürdigkeiten

sprechen sich schnell herum, schneller als die gute Tat, die du diesem oder jenem tust. Jedenfalls erfuhr der Bischof in Trier davon, kam, sah und schimpfte. Die Bibel hatte er dabei und las mit wütender Stimme aus Jesaja, Kapitel 44 über das Holz und das Götzenholz im Besonderen: „Die eine Hälfte vom Holz verbrennt der Heide im Feuer, da brät er und wärmt sich. Aber die andere Hälfte macht er zum Gott, dass es sein Götze sei, vor dem er kniet und niederfällt und betet: Errette mich, denn du bist mein Gott!" Woher sollte der Pitter das denn wissen? –

Seltsam, wegschaffen konnte sie keiner, ihr wisst ja, das Kreuz heilt langsam; und der mitgereiste Kaplan bekam die Dinger gottverrecks nicht herunter. Wie auch, wo der Pitter sie von unten verschraubt hatte.

So ging das jetzt also seinen geordneten Gang: der Bischof schalt den Abt, der Abt den Kaplan, der Kaplan den Pfarrer – na, der schmunzelte nur zur Seite, denn der hatte die kleine Erpressung längst durchschaut. Tatsächlich kamen dann nach einer Woche in einer Fuhre aus Trier zwei schöne Statuen vom Hl. Johannes und vom Hl. Paulus für die Korlinger Kapelle. Und da stehen sie heute noch, nicht lebensgroß, aber immerhin –. Bloß das war sicher, so schnell brauchte sich der Pitter beim Abt nicht mehr blicken zu lassen. Ach ja, und was geschah mit den Holzgötzen? Die bewiesen ihren zweiten biblischen Nutzen, indem sie den ganzen Winter über sonntags die gute Stube wärmten –.

10 Die Hühner

Seltsam, die Hühner legten kaum noch Eier, sagte die
Katharina. Und auch bei den Nachbarn war es nicht
anders. Eine Krankheit? – Der Marder? – Oder doch
Diebe? – Und so war es bald klar, dass die vom Matteshaus es sein mussten. Die hatten ein Haus, ach
was, ein Häuschen, das an den Berg angelehnt war,
was eine Wand gespart hatte, und lebten von der
Hand in den Mund. Am Ausfluss des Korlinger
Bachs gelegen, besorgte die Frau hin und wieder die
große Wäsche der Leute, der Mann half im Holz
oder auf dem Feld, wie es gerade kam, aber leben
konnte man davon nicht recht, was man an den
Schmuddelkindern sah; keiner hatte so dreckige Kinder im Dorf! Und verlumpt waren sie, und verlaust
bestimmt dazu – die mied man. Also waren die das
mit den Eiern. Das Vorurteil setzt sich am schnells-
ten durch. – Leider war es hier die Wahrheit. Aber
das könnt ihr euch merken, das weiß jeder, der Verstand genug hat: wovon sollten sie denn leben, wenn
sie nichts zu reißen und zu beißen hatten? Der Hunger ist stärker als die Moral –. Der Pitter erwischt sie
eines Nachts im Schein der Laterne, zwei Buben und
ein Mädchen mit schreckgeweiteten Augen. Die Buben wie die Wiesel an ihm vorbei und raus, das Mädchen hält die Eier in der Schürze und wagt das kost-
bare Gut nicht zu zerstören. Der Pitter weiß erst
nicht, was tun – das kleine Ding sieht elend aus, es ist

eine Schande, dass Kinder so aufwachsen. Oder aufwachsen müssen… Geh! sagt er mit einer ganz rauen Stimme, die er nicht an sich kennt. Und dann steht er noch einige Minuten im Stall, bläst die Laterne aus und geht ins Haus.

Natürlich, am nächsten Morgen, wieder das Geschrei; bei den Nachbarn war nichts. Na, sagte der Pitter, er würde den Marder schon fassen. Marder, pah! sagten sie nur, und alle brachten Schlösser an ihren Ställen an; an den Scheunen banden sie das Tor doppelt fest. Und jetzt schlossen sie ihre Haustüren zu. Mein Gott, wegen ein paar Eiern war die Welt ein Räubernest und alle vom Matteshaus waren Verbrecher. – Pitter, wo sitzt dein Herz? – Ja, genau, es klopft im Kopf an und verlangt Nachdenken. – Der Katharina sagt er erst mal nichts, weil…, ja, weil die erste Idee so ungeheuerlich ist, dass er meint, es müsste doch noch etwas anderes zu finden sein –. Ist es aber nicht. Und so kommts, dass der Pitter eines Nachts zum Matteshaus schleicht und ihnen eine der Legehennen im Korb vor die Tür setzt, klopft und sich verdrückt. Erst Stille, ungläubig gucken alle an der Tür, dann aufgeregtes Reden drinnen, ein Gackern… Was für eine Freude! Und dann schleicht sich der Pitter wieder nach Hause. Wo er gewesen wäre? fragt die Katharina. Der Marder, du weißt doch!

Am nächsten Tag, der Stall wird geöffnet – Stille. Die Katharina hört man nicht, obwohl doch ein Huhn weg ist, und das sieht sie sofort. Sie sagt einfach nichts, und das ist dem Pitter ein bisschen unheimlich. Aber sie gibt der Magd einen Packen Wäsche für die Mattesfrau. Hm! denkt der Pitter, und jetzt rutscht ihm das Herz in die Hose, weil er weiß, dass die Katharina etwas weiß und er nichts gesagt hat und dass das so etwas wie Betrügen oder Belügen ist oder so –. Schwamm drüber, das Leben geht weiter. – Tja, aber für manche so und für andere so. Und für die Mattesleute läuft es wie fast immer: sie haben Pech und das Huhn ist weg, sie hätten einen Stall aus Holz bauen müssen. Bloß, woher nehmen, wo man doch nicht stehlen darf? Der Pitter sagts dem Anton! Der Anton lässt den Mann im Feld arbeiten, sagts dem Nikla, der lässt Holz spalten. Sie gehören zu uns, es ist Christenpflicht! Das verstehen auch die anderen und helfen ein bisschen.

Und eines Tages, endlich, hockt im Stall von Katharina und Pitter die Glucke auf sieben Eiern. Und tags drauf die andere auch. Und dann sind sie da, 13 Stück, so niedlich und gelb, kräftige Kerlchen. Da sieht man den Pitter spätabends mit einem Sack losziehen. Pitter, ruft die Katharina, wohin? Herrgott, die Frau sieht auch alles – ist das der liebe Gott oder der Teufel? Tja, sagt er, also, hm… also – und er muss sich ganz laut räuspern, weil da so ein Geräusch ist, ein helles. Komm her, sagt sie, hier ist ein Kuchen, ich wollte ihn selbst bringen. Soso, ach so! Ja, gern!

Natürlich hatte der Marder mal wieder zugeschlagen und sieben Küken genommen, sagte die Katharina und machte sich gar nichts draus. Jaja, der Marder, sinnierte der Pitter. Und jaja, der Marder, sinnierten auch der Johann und der Nikla. – Und so kams, dass die Mattesleute die Hühnerzucht vom ganzen Ort betrieben, sie verkauften Eier und Hühner und Hähnchen und hatten einen Zaun und einen festen Stall vom Holz der Korlinger, und den ganzen Tag über hörte man vom Berg unterhalb vom Steinbruch das Gackern von freilaufenden Hühnern und morgens das Krähen vom Hahn. Da brauchte man in Korlingen auch keine Uhr mehr –.

11 Bruder Lang

Immer mal wieder musste der Abt Lejeune vom Kloster Sankt Martin in Trier zur Visitation seiner Kirchen fahren, und 1772 eben auch zur Kapelle in Korlingen. Des Pitters Streich mit den beiden Holzgötzen lag ihm noch auf dem Magen, nun ja, es war seine Aufgabe als Grundherr und geistlichem Oberhaupt, also musste es sein. Es war Spätsommer und der Kutscher war krank, wer sollte ihn fahren? Der Küfer konnte in diesen Tagen vor der Ernte nicht und auch nicht der Kellermeister, der Küchenmeister natürlich nicht. Der Brüder gab es genug, doch keiner konnte eine Kutsche lenken. Keiner? Doch, einer: Bruder Lang. Das war so ein seltsamer. Der war meist im Stall zu finden und brummelte mit den Pferden, eigenartig –. Bruder wie? Den Namen hatte er nicht umsonst, nein, wahrlich nicht: Bruder Lang war groß, Jesus, war der groß, trug schulterlanges wallend weißes Haar und hatte Hände wie ein Schmied. Dazu ein Gesicht, uh! mit schwarzen Augen und einem breiten roten Mund. Der passte irgendwie nicht – und doch, denn Bruder Lang war zwar groß und schrecklich anzuschauen – doch schüchtern. Nie ließ er sich vor Gästen blicken, nie sprach er ein Wort zu viel, nur mit den Pferden wechselte er sein einsilbiges Kauderwelsch. Meist war er nicht zu sehen. Manchmal aber stand er da, plötzlich hinter einem wie eine lebendig gewordene Statue. So richtig zum Fürchten. Für

Fremde. Denn im Kloster hatte keiner Angst vor ihm, weil er ein allzu weiches Herz hatte und nicht einmal die Fliegen schlug. Bruder Lang also sollte fahren. Der ging einfach weg. Der Abt hinterher. Ich brauche dich! Er weiter. – Du musst! Er bleibt stehen. Na also –.

So fahren sie los, der Kaplan will mit. Der Abt wählt in diesem heißen Sommer den Weg durch das schöne Ruwertal. Bruder Lang ist es einerlei, er brummelt mit den Pferden. Wenn es nur nicht so drückend wäre, er schwitzt unter dem dichten Habit, und der Himmel ist so seltsam rot, rot, dunkelrot. Und dann, an der Studentenmühle, tritt der Hang dicht an den Weg, links die Ruwer, rechts der dichte Wald. Uh, ist das eng, er bangt um jede Biegung des Weges.

Schweigen, der Schweiß läuft über die Stirn, in die Augen, er wischt ihn weg. Da, Majusebetta, zwei Räuber, einer mit dem erhobenen Schwert und der andere mit schrecklichem Halt! auf ihn zu. Bruder Lang fällt vom Kutschbock, es ist einfach so, er fällt und fällt weiter, die Böschung hinunter, runter, hinunter und hinein in die Ruwer. Amen, das wars wohl. Oben brüllt der mit dem Schwert: Gold und Geld und deinen Mantel! Der andere hält die scheuenden Pferde. Der Kaplan, mutig, ein Schritt vor. Der Arme, mit einem Hieb sinkt er nieder, stöhnt – oh, mutiger Kaplan. Und sonst? – Eine übergroße Stille, die Natur hält den Atem an. Der Abt, mutig auch er, einen Schritt vor, alles zittert an ihm, Heiland hilf! und noch einen, nur Mut kann helfen. Du kannst mich töten, ich bin alt genug. Den Ring! brüllt der andere, das Schwert an der Gurgel des Abtes. Oh, der Mut … das Zittern… und der Kaplan stöhnt. Dann ist der Ring weg, die Kette weg. Mut zu predigen ist leicht – auch ein Abt will leben.

Aber dann, mit dem Mut der Verzweiflung – die Hände erhoben wie Moses am Schilfmeer: Wenn du die Männer Gottes tötest, wirst du alle Qualen der Hölle erleiden! Das weiß ja jeder, wer Böses tut, wird nie bei Gott wohnen. Der Räuber lacht, dieser Verbrecher, er weiß nichts vom Jenseits. Und ich kann euch sagen, dem Abt ist das Diesseits jetzt auch näher. Die Luft steht, das Herz flimmert, der Blick dieses Räubers – dem ist alles egal, und wenn der Himmel noch so blutet.

Und unten an der Ruwer? Da liegt Bruder Lang immer noch im Wasser, rücklings. Doch jetzt – er spuckt, er speit, er hat genug Wasser geschluckt. Petrus hat seinen Herrn dreimal verleugnet. Bruder Lang richtet sich auf, sein Herz hämmert, Petrus! schlägt es, Petrus! Nein, nicht Petrus! Bruder Lang wird nicht Petrus sein!

Da – ein Glockenschlag. Woher kommt er? Aus Gutweiler… so zart und rein, er fliegt herbei, verklingt –. Beide hören. Höre die Stimme des Himmels, Räuber! Gut gemacht, Abt, du bist nicht umsonst Abt. Denn, plötzlich, hilft der blutrote Himmel. Was ist das? Auf einen Schlag ein Brausen, ein Sausen, der Hut fliegt

davon, die Bäume biegen sich, ein Zerren, ein Reißen, oh weh, wer hält sich da noch, alles fliegt, Laub,
Äste, Schmutz, die Augen, oh, wie tun sie so weh, sie
tränen, wer sieht noch etwas –? Und dann, oh und
dann, Räuber, siehst du sie, die Hölle, du spürst sie,
du duckst dich, du wendest dich um – ein grellleuch-
tender Blitz und darin: ein Geist, bleckende Zähne,
die Haare schlohweiß in nassen Strähnen: ein Was-
sergeist hebt die riesigen Hände, Hände wie Klauen,
an deinen Hals. Ein Donner wirft den Abt zu Boden.
Da ist Bruder Lang, da der Kaplan. Und dort… keiner mehr, keine Räuber, keine Pferde. –

Sie helfen dem blutenden Kaplan, stützen ihn den Berg hinauf durch Sturm und Wetter, es regnet aus Kübeln, die Pferde sind auf und davon.

In Korlingen kommen sie, eilen, helfen, verbinden, trocknen, geben von ihrem Viez – davon kommen sie ganz schnell wieder zu sich. Bruder Lang beruhigt die eingefangenen Pferde mit seiner sanften Stimme. Keiner wagt sich in seine Nähe, er sieht gar zu grauslich aus mit seinem schlotternden Habit , den weißen hängenden Strähnen und den riesigen Händen. Der Abt beugt seinen Kopf zu sich hinab und gibt ihm eine Kuss auf die Stirn. Der Herrgott hat mir das Leben gerettet, ich werde eine Kerze stiften, sagt der Abt, als er den gedeckten Tisch beim Pitter vorfindet und Brot und Schinken abschneidet. Besser zwei, für dich auch, Kaplan. Aha, murmelt der Pitter und pfeift vor sich hin. Da erklingt ein heller Ton. Was ist das? Der Ton kommt von der Kapelle. So haben die Korlinger die Messe eingeläutet: der Schmied Kiewel schlägt auf ein langes glänzendes Rohr, eine Viertel Stunde vorher dreimal und zur vollen Stunde siebenmal. Eine Glocke haben die Korlinger nämlich nicht mehr, nachdem sie beim Bau der neuen Kapelle zu Bruch gegangen ist. – Noch nicht –.

Da war es also der Herrgott, der Euch die Glocke geläutet hat, meint der Pitter, versonnen zum Fenster hinausblickend. Das ist ein sehr tiefsinniger theologischer Gedanke, Pitter, sagt Hochwürden und langt kräftig zu. Die Glocken helfen bei Sturm und Feuer,

Hochwürden. Stimmt, sagt der Kaplan. Man läutet sie bei Geburt und Tod, sinniert der Pitter. Richtig! der Abt. Und beim Gottesdienst braucht man sie auch, nicht wahr? Ja, dazu besonders, der Kaplan. Sprichts und nimmt einen guten Schluck Viez, wonach es ihn durchschüttelt. Ist es nicht Christenpflicht, zum Gottesdienst zu läuten, Hochwürden? Und dabei blickt der Pitter ganz treuherzig an die Decke. Aber selbstverständlich, Pitter, erwidert der Abt. Der Kaplan will jetzt etwas sagen, mit vollem Mund, so eine Art Nei-ei-ein, verschluckt sich aber. Darauf der Pitter zerknirscht: Hochwürden, ich glaube, dann sind wir schlechte Christen. Aber nein, Pitter! Der Kaplan hustet und prustet und wird puterrot. Weil… nämlich, wir haben keine Glocke! Himmelherrgott, verschluckt sich auch jetzt der Abt beinahe, darauf läufts hinaus. Ich wusste es, sagt der Kaplan, der den Bissen endlich herunter hat. Dem Abt aber schmeckt es jetzt gar nicht mehr –. Und so kams, dass die Korlinger vom Abt eine schöne neue Glocke aus der Saarburger Gießerei geschenkt bekamen, damit sie auch keine schlechten Christen wären. Der Kaplan veranlasste noch die Inschrift auf der Glocke, so wie sie auf der alten gestanden hatte: *Jesus, Maria, Joseph Orate pro Nobis**. Der Pitter aber sagte, damit wären nur sie selbst gemeint –.

*Jesus, Maria, Joseph: Betet für uns

12 Felix

Der Pitter baute ein neues Plumpsklo, das ist ein sehr kleines Häuschen im Hof über einer Grube mit einem Sitz mit Loch und einer Tür mit Herzausschnitt. Mehr wollt ihr gar nicht wissen, denn es stinkt gewaltig in dem dunklen Örtchen, aber was muss, das muss. Das alte war nämlich fast verfallen und zugig, alle beschwerten sich darüber. Da musste der Pitter jetzt endlich mal ein neues bauen. Das Holz lag gestapelt, die Säge ging hin und her – das machte dem Pitter Spaß, mit dem weißen weichen Holz zu arbeiten und den Geruch vom Sägemehl in der Nase zu haben. Und wenn er mittags zum Essen kam, da krähte ihm der Säugling schon freudig entgegen und strampelte, und er wiegte ihn und schmuste, und die winzigen Händchen patschten ihm im Gesicht herum. Felix war ein Sonnenschein, und der kleine Pit fand das auch; vor allem freute er sich über ein Brüderchen. – Die Ernte stand gut, der Knecht half kräftig, die Laune hob sich mit dem schönen Wetter Tag für Tag mit dem längeren Sonnenschein. Störche kamen aufs Dach, die Schwalben nisteten an der Scheune – es war eine Lust zu leben. Und so sägte der Pitter auch. –

Dann war das Kind tot. Es lag in der Wiege neben Katharinas Bett und keiner hatte es gemerkt, es atmete nicht mehr. Es war noch zu dunkel, um etwas zu sehen, aber die Katharina spürte es jetzt sofort und schrie los. Licht – hochheben – Luft einblasen – umdrehen – zart klopfen – Luft einblasen – die Brust drücken – blasen – küssen – blasen – Tränen, Tränen, Tränen… Aber seine Augen blieben zu. Die Trauer im Haus könnt ihr euch vorstellen, alle gingen mit ganz leisen Schritten, alle schwiegen, keiner sah den anderen an. Man vermied es geradezu und keiner fasste den anderen an, der Pitter nicht die Katharina und die Katharina nicht den Pitter. So macht es manchmal der Schmerz –. Gar nichts mehr machte der Pitter. Er drehte im Stall das Seil zwischen den Händen, strich über das

Bauholz, fuhr mit den Stiefeln Furchen durch den Mist; da waren auch alle Vögel still in ihm und es gab keine Schwalben mit ihrem schrillen Pfeifen und keinen Frühlingsduft – ja, und auch keinen Pit. Alles war ihm egal, er saß den halben Tag in der Sonne und starrte vor sich hin. Wie soll man es anders ausdrücken: er haderte mit Gott und der Welt.

Felix hatte er geheißen, der Glückliche, geboren am 11.September 1773 – was für ein Hohn! Und die Katharina? Sicher, die litt auch, vielleicht noch mehr als der Pitter. Er sollte ja jetzt ein Engelchen sein, so wie die am Altar. Mein Gott, ja, das tröstete – ein wenig; wahrscheinlich hatte er es da oben besser. Aber die unten, was taten die mit ihrer Trauer, dem Schmerz und auch der Wut? Sie zeigte das alles nicht, war für die anderen da, für den Pit, den Stall, die Küche, für die Magd und für den Knecht, sie blieb, wer sie war, ging ein wenig öfter in die Kapelle gegenüber; jeden Abend brannte da eine neue Kerze. – Behutsam machte sie dem Pitter klar, dass das Notwendige getan werden musste; und so baute er das Plumpsklo fertig. Die Tür hing ein wenig schief und ging immer von selbst auf, ein Herz war auch keins drin.

Tja, und dann, bei all dem Elend, ist eines Mittags der Pit weg. Und das, obwohl es Grießbrei geben sollte, und den hatte er noch nie verpasst. Der hat den abweisenden Vater nicht ausgehalten, sagt die Magd. Suchen! Da und dort, oben und unten, bei den Nachbarn, zwischen den Kühen, sogar das Heu wird gewendet, und nochmal überall – nichts! Der Pitter dreht blödsinnig jedes Brett auf dem Stapel um, als könne der Pit drunter sein, wirft in seiner Verzweiflung die Plumpsklotür zu; die Katharina kommt, legt ihren Kopf auf seine Schulter – und plötzlich ein Schrei! Sie stößt den Pitter weg und rennt zum Häuschen, der Pitter schaut hin: da sieht man am Lochrand im Innern kleine Finger, ganz weiß und blutleer, vier links, vier rechts, die sich klammern und halten. Ein Ruck, und der Pit ist aus der Grube und trieft und puh! – aber der Katharina ist das egal, sie reißt ihn an sich und drückt ihn, und die ganze Jauche läuft an den beiden herunter. Und der Pitter steht nur da, steht starr und steif – bloß dass da die Tränen kullern, als er seinem Bub durchs Haar fährt und seinen Kopf in den ganzen Mist drückt. Das war jetzt alles ein bisschen viel, ein Kind verloren und eins gerettet –.

Jedenfalls stellte der Pitter eine kleine Leiter in die Grube vom Plumpsklo und schnitt ein wirklich schönes Herz in die Tür; die schloss allerdings immer noch nicht und das sollte auch keiner ändern! Und das Schönste war, dass der Pit jetzt mit dem Pitter überall mitarbeiten durfte.

13 Hug, das Pferd

Im Jahr 1774 lassen sich am fünften Sonntag nach Pfingsten Johann, Nikla und natürlich der Pitter aus Korlingen nach der Messe in Sankt Martin zu Trier beim Abt Lejeune melden. Dem schwant schon Unheil. Was sie wünschten, fragt er. Sie ergehen sich in umständlichen Reden: Grüße vom Pfarrer, das schöne Kloster, die kommende Ernte, die Messe, der Herr Hochwürden und so. Zur Sache! sagt er. Und der Pitter, in dessen Hirn der Gedanke gewachsen war, geradeaus: Wir wünschen einen würdigen Altar für unsere Kapelle. Habe ich euch nicht die Hl. Johannes und Paulus gegeben? Ja, aber die stünden so verloren... Und ein Altar so wie in St. Martin – fünf Stück sind da! wirft Johann vorwurfsvoll dazwischen – so einen Altar bräuchten sie auch. Wofür? Beten könne man auch so. Aber, meint Pitter, es fehle dann, wie sagt man...das Innerste. Das müsse man sich halt denken. Ja, sagt Pitter, aber man solle ja beten und nicht denken. Und – da jetzt Schweigen herrscht – der Glanz Gottes schwebe dann über ihnen, bringt Nikla jetzt den einzigen Satz an, den er sagen soll.

Der Abt schaut zum Fenster hinaus. Die Korlinger bringen fleißig ihren Zehnten, der Viez ist zwar sauer, aber es sind ehrliche Leut. Und der Pitter na ja... Da neigt der Kaplan seinen Kopf zum Ohr des Abtes, und der, darauf, es sei da noch ein Stück, das man besehen wolle. Und so ziehen sie zu fünft in eine der vielen Scheunen, ziehen eine Leinwand herunter – da steht ein Tabernakelaltar, so staubig und grau wie eine Feldmaus, kaum dass man die Farben erahnen kann. Davor purzeln kleine Figuren am Boden. Der Kaplan lächelt süffisant und wischt mit seinem Finger eine Staubspur. Ein anderer als der Pitter wäre davongezogen, doch dieser Mensch sieht durch den Schmutz den Glanz aus Grün und Rosa und die gelben Streifen und wahrhaftig, er sieht die Falten im Gewand der Jungfrau mit dem Kind und ihre Kronen. Den könnt ihr haben, sagt der Abt. Für 20 Ster Holz, sagt der Kaplan. Für 20 Ster Holz, sagt der Abt. Aber die Maria gehört nicht dazu, sie ist zu wertvoll, sagt der Kaplan. Aber, erwidert der Pitter, sie ist die Seele des Ganzen. Bleibt hier, sagt der Kaplan. Bleibt da, sagt der Abt. Bleibt?... fragt Pitter und denkt – bis ein kurzes Lächeln seine Mundwinkel umzuckt. Bleibt! wiederholt er, während der Abt interessiert einen Balken im Dach studiert. Und die drei küssen dem Abt die Hand und ziehen frohgemut nach Hause.

Eine Woche danach an einem Samstag ziehen Pitter, Johann und Nikla mit Hug, dem Pferd, von Korlingen nach Trier. Sie sind um sieben los und schon um neun am Kloster. Sie laden den Altar auf den Heuwagen, gut in Leinen verpackt und mit Heu unterlegt, denn die filigranen Streben hoch oben dürfen nicht brechen. Der Pitter legt noch ein langes Paket dazu, Proviant, sagt er. Mit ganz zarten Händen legt ers ins Heu und bedeckt es damit. Der Kaplan gibt noch seinen Segen, bitte, wenns sein muss, und los geht es. An der Porta Nigra vorbei, durch den kleinen Vorort die Kohlenstraße hoch. Das ist ein langer Anstieg, und sie trinken. Dann sind sie auf der Höhe von Filsch, da ist es schon bald Mittag. Sie rasten und alle trinken. Die Sonne brennt, der Schweiß läuft. Jetzt geht es den Filscher Berg hinauf. Hug, das Pferd, ist stark. Oh ja, so stark, dass es eine Freude ist, aber die drei müssen mit all ihren Kräften mitschieben. Sie schwitzen, ach Gott, es wird immer heißer. –

Was ist das? Hug, was hast du, einen Nagel im Huf? – Nein. Hug, komm, wir sind bald da! – Du Mistkerl, du Schindmähre, du Heidenpferd, los und hopp und hui, und einen auf die Backe und gute Worte… Aber Hug steht und lässt den Kopf hängen. Sie schieben ihn. Hug steht. Sie ziehen. Hug steht. Das ist, weil wir keine Mutter Gottes haben, mäkelt der Johann. Und alle stehen und trinken. – Alle? Pitter merkt es zuerst, als sein Beutel leer ist und Hug den Kopf wendet: Hug, der Starke, hat seit heute Morgen sechs Uhr nichts mehr gesoffen. Majusebetta, sind wir blöd! ruft er, Wasser! Aber am Filscher Berg fließt keine Mosaische Quelle. Armer Hug, wir Trottel, sagt der Nikla und lehnt seinen Kopf an das Tier. Ach Hug, wie ruhig du bist in deiner Not. Und jetzt? fragt Johann. Aber Pitter ist schon weg, er stiefelt den Berg hinauf, den Berg hinunter und ruft im Dorf die Katharina.

Nach einer halben Stunde durstigen Wartens hebt Hug den Kopf und schnaubt. Da kommt der Pitter mit einem Fass auf der Schulter und da, tatsächlich, da kommt die Katharina mit zwei Holzeimern. Da schwappt das Wasser raus, und Hug wiehert und ruckt vor. Der erste Eimer in einem Zug, der zweite, der dritte aus dem Fass, der vierte – die Eimer haben keinen Boden. Und jetzt! Die Katharina auf dem Heu, Hug zieht, den Stall vor sich, das Wasser ruft. Aber es geht schließlich den Korlinger Berg hinab, und Hug: der Stall, Wasser, Hafer. Herrjeminech, geht das schnell. Teufelsgaul, so mach doch langsam! Die Männer stemmen sich gegen den Wagen, Hug rennt, der Altar wackelt, Pitter stützt, Pitter hält, Pitter brüllt. Johann hängt im Zaumzeug, Nikla zieht am Schweif, Katharina liegt im Graben. Gottseidank, die Korlinger! Sie laufen, rennen, werfen sich in die Speichen, halten Hug, den Starken. – Noch zwei Eimer Wasser und er geht wie ein Lamm.

Dann wuchten sie mit vereinten Kräften den Altar auf den alten Holzsockel. Johann und Nikla sind nach Hause, alle Helfer sind fort, sie hatten sich mehr erwartet: wo sind die Schnitzereien, die Heiligen, die Engelputten, die Mutter Gottes? Was sie sehen ist dreckiges Holz. Ach Pitter, ist das alles? – Aber an allen Stellen, wo die kräftigen Hände gehoben haben, schimmert die Farbe hervor: das Grün, das Rosa, das Gelb – und das ist Gold! Da geht die Katharina ins Haus, kommt mit Schwamm und Eimern und Lappen wieder. Und Pitter und Katharina waschen und trocknen und reiben und polieren und setzen die eins, zwei, drei, vier Engelchen in die Zapfen und zuletzt die ganz oben mit den Palmwedeln. Zufrieden sind sie, der Pitter ist stolz auf den Altar und die Katharina ist stolz auf ihren Pitter, obwohl die Mutter Gottes fehlt. Und sie gähnt und will ins Bett. Und du? Gleich – nur noch eins –.

Am nächsten Morgen zur Sonntagsmesse staunen sie, sie kriegen das Maul nicht mehr zu: da glänzt ein Altar in zarten Farben, sechs Engel schweben an den Seiten, und oben thront – wahrhaftig! – Maria im roten Kleid in anmutig geschwungener Haltung, den goldenen Stab in der Rechten und den segnenden Knaben auf der Linken mit dem Zepter. Ist das der Altar, den sie gestern gehoben haben, dieses verstaubte Stück Holz? Und waren da Engel, und war da eine

Maria, und war da ein Jesuskind? Und zwei Kronen! Edelsteine blinken. Umrankt von einem grünen Baldachin, darüber die Weltkugel. Und das Gelb ist pures Gold! Nikla sieht Pitter an und Johann sieht Pitter an. Der aber hängt in der Kirchbank wie ein Mehlsack. Und links, die Katharina, hat so kleine Augen und blinzelt ganz verdutzt zur Maria. Und der Pfarrer schaut immer wieder empor zum Altar und verhaspelt sich ständig im Text –.

14 Amors Seil

Alle sahen es und wussten es, und Klatsch und Tratsch machen ja am meisten Spaß. Bloß, es ging einfach nicht voran mit den beiden. Sonntags in der Kirche, da sah man die heimlich-scheelen Blicke vom Anton auf die Frauenseite und wusste, warum die Marie immer nur ganz stier nach vorne schaute. Es war zu köstlich, zuweilen vergaß man sogar die Predigt. Aber es ging eben nicht voran mit dem Anton aus Irsch und der Marie aus Korlingen. Jedenfalls belebte es den Gottesdienstbesuch. Die Korlinger gingen nämlich zur Kirche über den Berg nach Irsch. Da hatten die beiden sich gesehen – autsch! und da hatte es gefunkt, so heftig, wie das eben manchmal geht. Und nach der Messe hielt man sich ach so gerne vor der Kirche auf und genoss, dass der Anton jede Woche zufällig einen Schritt mehr hinter der Marie herging –. Da erbarmte sich der Pitter und nötigte dem Anton jedes Mal ein Gespräch auf, damit er ein paar hundert Meter weiter mitlaufen konnte. Die beiden freundeten sich sogar an, wobei das Gespräch relativ einseitig war, weil der Anton höchstens Ach so! Jaja! Soso! und Hm! machte und nur Augen hatte – na, wofür wohl? – Dann kam er zum Pitter nach Korlingen, um mit ihm zu reden. Worüber? Tja, über einen Stiel vom Beil und einen Schleifstein und die Vorzüge der neuen Gürtelschnallen und so wichtige Sachen. Komisch, da lief die Marie über den Hof: zu den

Hühnern und von den Hühnern, in den Stall und aus dem Stall und in den Garten undsoweiter. Aber die sah den Anton gar nicht, überhaupt nicht, und hörte ihn auch gar nicht, was aber daran lag, dass der Anton immer vergaß, was er sagen wollte und scharf überlegen musste.

Da wurde es dem Pitter zu bunt, so viel Blödheit beim Anton und so viel Salz im Kuchen und Zucker in der Suppe bei seiner kleinen Schwester gingen ihm gehörig auf den Geist. Als nun der Anton eines Tages wiederkam, war er vorbereitet. Marie, komm schnell! schrie er, das Kalb ist ausgebüxt. Anton, rasch, hilf!

Und der Anton hinter dem Pitter her, und die Marie flugs aus dem Haus. An den Kaninchen vorbei, hinter der Scheune entlang, von dort zwischen Holzschuppen und Stall zurück – und rumms! fliegt der Anton der Länge nach hin. Da rappelt er sich gerade auf und dreht sich um, um nach der Ursache zu suchen, als hui! die Marie auf ihn drauffliegt, der Länge nach. Ob es ein urzeitlicher Beutegriff oder beherztes Ausnutzen der Lage ist, jedenfalls umklammert der Anton die Marie mit beiden Händen; und ob es schreckhaftes Erstarren oder eine sozusagen raffinierte List der Marie ist – wer weiß das? Jedenfalls bleiben beide so liegen und starren sich an, sodass der Pitter heimlich die Schlaufe des Seils am Schuppen lösen kann und es unbemerkt von der anderen Seite in die Scheune zurückzieht. Natürlich war er drübergesprungen, wo es die beiden hingesemmelt hat. Pitter, Pitter! –

Die beiden sitzen da nebeneinander und fragen sich, obs wehtut und wo und fassen sich an Kopf und Ohren, Arme und Hände; und der Anton streicht der Marie über die Haare und die Marie dem Anton über die Stirn, wie man das bei kleinen Kindern macht.

Dann, na, das ist schon eine ganze Weile später, begleitete die Marie den Anton den halben Weg. Die Wiesen waren so grün und die Felder so gelb und der Himmel so blau – so war es noch nie gewesen, ehrlich. Und der Anton hörte zum allerersten Mal, dass die Vöglein so wunderbar singen, ach Gott, wie schön das alles war. Oben angekommen auf der Korlinger Höhe verabschiedeten sie sich und gaben sich voller Inbrunst – die Hände. Und der Anton sagte zu Marie: Marie! Das ist zwar nur ein Wort, aber übersetzt heißt das: Liebes, Liebstes, Allerliebstes, ich liebe dich jetzt und immerdar, willst du meine Frau werden? Das verstand die Marie natürlich und antwortete: Anton! Und das verstand der natürlich auch –. So rannten sie nach Hause, die Marie mit fliegenden Röcken und rasendem Herzen, der Anton ein Kinderlied singend, von Bienchen, summ, summ, summ. Jedenfalls waren die beiden bald danach verheiratet und die Marie zog zum Weinbauern Anton nach Irsch. – Verrückt, was Amors Pfeil so anstiften kann –.

15 Der Kartoffelkrieg

Der Pitter hatte von einem fahrenden Händler einen kleinen Sack einer seltsamen Knolle geschenkt bekommen. Das war vor einem Jahr gewesen. Dann hatte er sie im Garten gepflanzt, die unterirdischen Knollen geerntet, die Katharina hatte sie gekocht, alles wie ihnen der Mann gesagt hatte.

Und jetzt saßen sie abends am Tisch und aßen – heimlich, nur sie beide spät abends in der Küche, denn alle hatten den Pitter wegen dem verschenkten Platz im Garten und dem funzeligen Kraut ausgelacht. Das schmeckte nämlich nach nichts, und eine aus dem Dorf hatte es schwer in den Magen bekommen, weil sie nachts einige Hände voll gestohlen und gegessen hatte. Hm! wie die beiden sich den Schmelz der gebutterten Erdfrucht auf der Zunge zergehen ließen, wie sie jede einzelne der dampfenden Grundbirnen, wie sie hießen, zerlegten und zelebrierten, auf dem Messer zum Mund. Die Katharina schloss sogar die Augen, weil es gleich so warm im Magen wurde wie bei einem guten Stück Fleisch. Hu, und noch eine zerteilt und noch eine – da waren sie alle.

Pitter, mehr davon, Pitter, die Knolle ist Gold wert, Pitter, wann kommt der Mann wieder? Na, ein bisschen viel verlangt vom Pitter, zaubern kann er nicht. Aber zum Glück kommt der Händler gerade rechtzeitig vor der Pflanzzeit und der Pitter will jetzt einen ganzen Sack. Der Mann nimmt eine heraus und meint, jede sei einen Taler wert. Das sei doch! ruft der Pitter entsetzt. Ja, sagt der Mensch, man bezahle ihn sogar mit Gold, was er denn anzubieten habe? Pitter rechnet, will 3 Taler geben, und das ist eine Menge. Mehr! 5 Taler. Mehr, 15 Taler, sagt der Unverfrorene. Damit könne er ja ein ganzes Feld Roggen bestellen, sagt der Pitter, Wucher sei das, er solle sich schleichen. Die Frucht hält sich den ganzen Winter, Pitter, ich will dein Gewehr. Herrje, woher wusste der Mensch, dass der Pitter das beste Gewehr im Dorf hatte, beim Preisschießen der Stadt Trier gewonnen? So ein kostbares Stück, das konnte man doch nicht einfach weggeben. Schützenkönig oder satt werden,

Pitter? – Und dann überlegte Pitter, wo er sie am besten pflanzen sollte. Natürlich auf dem Brachland. Zu viel durfte er nicht abzweigen wegen dem Futter. Aber für ein halbes Feld reichten seine Knollen schon hin. Hug zog die Furchen, dann legte er sie hinein. Ob die ausländischen Krümmel nicht den Acker verdürben? fragte man ihn. Ob er nicht einem Schelm aufgesessen sei? lachte man ihn aus. Was hätte er denn bezahlt für den welschen Betrug? Da standen sie herum und schauten misstrauisch auf die kleinen gelben Äpfelchen.

Aber dann, im August, zog er zum Erstaunen der Bauern dicke Knollen aus der Erde, schüttelte den Grund ab und zeigte sie ihnen. Herrgott, konnte das nicht Teufelsbrut sein, so seltsam geformt, so unförmig, Nasen, Augen, die einen anblickten, grausliches Zeugs. Na, die Katharina sah die Kerle auch kritisch an, arg dick waren sie – und wie klein war doch die Saat gewesen. Gut, erst mal waschen. Oha, recht appetitlich! Man muss sie schälen, sagte sie. Schälen, wie ein Apfel? fragte der Pitter, die essen wir doch auch mit den Schalen. Aber sie hatte im *Almanach für die gute Hausfrau* von 1775 gelesen, was es mit der sogenannten Kartoffel auf sich hatte. Pitter nahm das Kneipchen und schnitt dicke Scheiben rundum ab. Bist du des Teufels, rief sie, als sie das Wasser aufsetzte und Holz nachlegte, ganz fein! Aha, ganz fein. Und die Schalen sind für die Schweine, gekocht. – Lassen wir jetzt die Katharina erst mal probieren. Sie schickte jedenfalls den Pitter aus der Küche, schälte selbst und kochte. Und nachdem sie das mit dem Kochen probiert hatte, zauberte sie nach einer Suppe Gestampfte, mit Milch und Sahne, da aßen die Kinder glatt das Doppelte. Dann gebratene Stifte mit schönen Krüstchen, dann Geriebene – ja, tatsächlich, die Katharina hat in Korlingen die Grumbierschnietscher erfunden, indem sie Mehl und Ei ins Geriebene tat und so flache Tellerchen ins Fett legte. Und die schmeckten allen, eieiei!

Soweit der gute Teil unserer Geschichte. Denn dann kam eines Tages der von der Abtei bestellte Kaplan von Irsch, Pater Antonius Sonnier, über den Berg. Man hätte ihm zugetragen, der Pitter habe Grundbirnen geerntet. Ja und? – Da sei der Zehnte fällig. – Wie das, das sei Brachland. – Egal. – Aber vom Brachland hätten sie noch nie den Zehnten gegeben. – Bei Früchten schon. – Sie könnten natürlich von dem Kraut den Zehnten haben, das liege noch da. – Mensch, willst du dich widersetzen, schrie der Kaplan! – So musste der Pitter nach Irsch einen ganzen Zentnersäcke fahren, hei, was hatte der eine Wut im Bauch. Über den Berg hoch zurück überlegte er. Und zu Hause wusste er schon eine Lösung fürs nächste Jahr. Er pflanzte genau in die Mitte eines Gerstenfeldes seine Kartoffeln. Die Nachbarn, die inzwischen von seinen Kartoffeln probiert hatten, halfen mit und freuten sich diebisch auf die zu erwartende Ernte, von der sie etwas abbekommen sollten. – Aber der Pater Sonnier kam schon weit vor der Ernte, als die Halme noch niedrig waren, und sah das Grün mitten im

Feld. Du wirst vors Gericht kommen, Pitter. – Aber, Hochwürden, es ist Gründüngung, gerade da ist der Boden ausgelaugt. – Pitter, treibs nicht zu weit. Im August ist der Zehnte in Irsch, Amen! – Amen, grummelte der Pitter und biss auf die Zähne, um dem Kaplan keinen Fluch nachzuschicken. Also drei Zentnersäcke mit dem Johann nach Irsch gebracht, Wut im Bauch, den Berg hoch – und da hatte er schon wieder eine Idee.

Im nächsten Frühjahr pflanzte er seine Kartoffeln, und mit ihm alle Nachbarn gleichfalls, um die Felder als Grünstreifen. Sie warteten schon auf den Kaplan. Der aber sagte nichts. Nur drei Tage später war der Pitter als Vertreter der Gemeinde nach Irsch geladen. Der Abt Lejeune erwartete ihn, es wurde Gericht gehalten.

Das grüne Zeug hätte so schöne weiße Blüten, es sei ein Schmuck. – Pitter, sagte der Abt nur. Die Früchte seien doch unter der Erde und gehörten somit niemandem. – Pitter! sagte der Abt etwas lauter, auch Rüben sind unter der Erde. – Sie seien arm genug und das Kloster… Pitter, Pitter! sagte der Abt und schüttelte den Kopf, es ist nur der Zehnte. – Aber – Nichts aber, und zusätzlich gebt ihr ein Kalb als Strafe. Und noch ein Wort und du sitzt im Karzer. – Und so mussten die Korlinger auch von ihren heißgeliebten Kartoffeln fortan den Zehnten abgeben. Was sie nicht besonders traf, denn Kartoffeln gabs genug. Aber es wurmte sie schon, dass die reiche Abtei St. Martin noch ein bisschen reicher wurde.

16 Die Schuhe

Schaut mal, da stehen die Schuhe neben der Haustür, und drüber ist ein Holzbrett, damit sie nicht nass werden. Darauf liegt faul Maunz, der Kater, weil die Sonne so schön scheint. Dass die Stiefel und Schuhe da stehen, in Reih und Glied, geordnet die vom Großvater, dem Pitter, dem Knecht – die vom Pit lümmeln so schief herum – und zuletzt die kleinen der Maria, das kam so: In der Küche wollte die Katharina alles sauber haben. Es blitzten die Töpfe und das kupferne Geschirr, blank waren die Teller und Schüsseln. Wenn mal ein Hälmchen in die Suppe gefallen war, fischte die Katharina es sofort heraus; wenn ein Krümel in der Schüssel lag, wurde sie flugs gespült – zum Leidwesen der Magd war da immer etwas zu wischen und zu scheuern.

Ja, und das mit den Schuhen kam dann so: mittags stiefelte die ganze Bande immer in die Küche, hungrig und nicht links und rechts schauend, nur auf den Herd. Und dabei hatten sie natürlich an den Stiefeln den Mist aus dem Stall oder die Brocken vom Feld – herrje, war das ein Dreck, wenn es nass war! Am schlimmsten aber war es, wenn einer in einen Kuhfladen getreten war, puh! Wegen der krabbelnden Kinder war das der Katharina egal, denn Dreck macht Speck, auch wenn die Schreiber in den Almanachen hundertmal das Gegenteil behaupteten. Nur das Fegen und Putzen jeden Tag war doch lästig, und dazu der üble Geruch.

Und einmal reichte es ihr. Sie stemmte sich in die Küchentür und befahl allen, die Schuhe im Flur stehen zu lassen. Da sah man natürlich große Zehen aus den Löchern in den Wollsocken gucken, oder dass der Knecht wieder mal zwei verschiedene anhatte. Aber man fügte sich. –

Das war ein Etappensieg. Jetzt ging es weiter: die Kerle sollten ihre dreckigen Klumpen draußen säubern. Dazu reichte sie, sich in die Haustür stellend, die Arme in den Hüften, einen Spatel und einen grobborstigen Handfeger. Der Pitter schaute sie nur an, schob sie wie eine Feder beiseite und flatschte in den Flur, alle nach. Nur die Maria säuberte fein ihre Schuhe. Tags drauf: dasselbe Spiel. Und so kam es am dritten Tag zum Streit. Hui, flogen da die Worte hin und her, sie hätte es satt, er schufte seit sechs Uhr, sie koche von nun an nichts mehr, da sollte er mal sehen, ein undankbares Weib sei sie, die Männer seien Schweine, sie eine Ziege, und so für fünf Minuten, in denen eine ganze Arche Noah ihre Pforten öffnete. – Derweil hatte die Maria die Schuhe sauber, der Pit seine klammheimlich dahinter geschoben, der Knecht sie auch ausgezogen und draußen gesäubert, der Großvater sie vor die Tür geworfen – bis sie allein im Gang standen und am Klappern hörten, wie die Magd drinnen auftischte.

Die Katharina heulte kein bisschen, nein wirklich, da sah man nichts.– Aber wie sie der Pitter so ansah… Da zog er die Stiefel aus und warf sie – nein, er wollte erst: – und stellte sie vor die Tür neben Maunz, den Kater. Dann schaute er da noch eine Weile hin und ging schweigend zum Essen. Eieiei, wie still das heute Mittag war –.

Jedenfalls brachte der Pitter am Abend draußen vor der Haustür ein Brett an, auf das sie alle ihre Schuhe stellen konnten. Da aber der Kater jetzt keinen Platz mehr hatte und es manchmal auch regnete, standen sie später drunter: die vom Großvater, dann die vom Pitter, vom Knecht, alle schön in der Reihe wie die Soldaten, dann die unordentlich hingeworfenen vom Pit und zuletzt sehr ordentlich die kleinen der Maria. – In der Küche blitzte jetzt immer nicht nur das Geschirr, sondern auch der Boden, und die Magd fand das auch sehr gut. Glaubt mir, das war wirklich der allerletzte Streit, den die Katharina und der Pitter jemals hatten. –

17 Der süße Wein

Selbst dem Pfarrer stieß der Wein sauer auf. Und nicht nur das, es schüttelte ihn derart, dass – aber lasst mich der Reihe nach erzählen. – Felder, Wald und Wiesen umgaben Korlingen seit Jahrhunderten. Korn für die Mühle im Tal, Futter fürs Vieh, Obstbäume – Viez gab es reichlich – und Gemüse, alles baute man an. Nur Wein gab es keinen. Den musste man kaufen: von der Irschern, den Filschern, den Waldrachern, ja, sogar die Sommerauer hatten ihren Weinberg neben der Burg. Wer konnte sich schon den Wein leisten, den man für teuer Geld kaufen musste! Denn die Korlinger waren arme Bauern. So bekam man immer den schlechten, den sauren, wo das erste Glas einem ein Loch in den Magen riss, und das zweite es wieder zusammenzog. Ja, zu Hochzeiten und zum Leichenschmaus gabs guten Wein. Aber bei den wenigen Einwohnern kamen Hochzeiten nur alle 20 Jahre vor, und die Zähigkeit der alten Korlinger bewahrte sie lange davor, mit den Füßen zuerst hinausgetragen zu werden und den Nachkommen Kosten zu verursachen. –

So sah also der Pitter Messe um Messe in der Kapelle, wie es den Pfarrer bei der Wandlung schüttelte. Und zwar so, wie er sich vorstellte, dass ein Blitz einschlug: zuerst erschrickt die Baumkrone, dann beben die Äste, dann zittern die Blätter, und dann bricht alles zusammen. So ähnlich konnte er das beim Herrn Pfarrer beobachten. Über den ganzen Körper lief ein zitternder Krampf, beim ersten Schluck ein kleiner und noch viel gründlicher beim letzten Austrinken. Manche hielten das für eine besondere Art der Ergriffenheit, aber der Pitter wusste es besser. Denn den Pfarrer plagte ein saurer Magen.

Die Grundherrschaft, das Kloster St. Martin in Trier, hatte die Weinbereitung in Korlingen verboten. Wein hatten die da unten genug, die feinen Mönche in ihren kommoden Stuben, die guten Säfte von Mosel und Ruwer. Die Korlinger sollten Korn und Obst liefern, dazu Schiefer und Holz. Das wurmte sie, und den Pitter besonders, dem sein eigener Kopf schon immer das Maß der Dinge war. Na, da fasste er eben wieder mal einen Plan, um den Abt rumzukriegen. – Habe schon alles für die Messe vorbereitet, Hochwürden, sagte er eines Sonntags und goss vor den erstarrenden Augen von Johann Jakob Stammel den Wein in das Glasgefäß. Er hielt die Flasche beim Eingießen besonders hoch, so dass die fast wasserklare Flüssigkeit die Gestalt des Priesters beben ließ, dessen Magen sich wieder mal verkrümelte. Wir könnten anderen Wein machen, Hochwürden. Der Mann meiner Schwester hat Wein machen gelernt. Süße Weine, Hochwürden, nicht so ein saures Getränk wie dieses. Beim Wort ‚sauer‘ schüttelte es Hochwürden schon wieder. Sauer ist auch nicht gut, fügte der Pitter hinzu. Und wieder das Schütteln. Ich mag auch keine sauren. Und wieder –. Legen Sie ein Wort für unseren eigenen Weinberg beim Abt ein, für süßen Wein statt –. Naja, jetzt reichte es –. So ging es Sonntag für Sonntag und immer schauderte es den Pfarrer bis in die Zehenspitzen. Seine Neigung zum Altar war Erlösung – oder Schmerz? Hochwürden, sagte der Pitter, ich mein, Sie vertragen diesen Wein nicht. Wir könnten anderen bereiten. Aber ach, der Pfarrer winkte schon wieder ab, wusste er doch, dass allein der Name der Korlinger und besonders des Pitter beim Abt alles andere als Wohlgefallen erzeugten. Verlorene Mühe. –

Doch dann, eines Sonntags, hatte der Pitter süßen Wein in den Messkelch gegeben. Und die Messe kam zur Wandlung – und der Pfarrer trank – und er lobte Gott und vollzog die Wandlung. Es war sehr feierlich. – Pitter, was war das für ein Wein? Den kann mein Schwager hier bei uns machen. Wir haben auch gute Lagen. – Und der Pfarrer winkte dem Pitter mit einem freundlichen Gruß und fuhr am Nachmittag nach Trier. Tja, und im Herbst desselben Jahres 1777 pflanzten die Korlinger ihre ersten Reben oberhalb des Weges nach Waldrach in einer reinen Südlage. – Aber man soll ja bei der Wahrheit bleiben: Der Pitter hatte dem Pfarrer in ein bisschen Messwein immer reichlich Traubenmost gegossen. Dem lieben Gott wirds gleich sein, denn nur das Herz muss rein sein.

18 Zwei Vögelchen

Im Mai 1780 musste der Pitter zum Militär. Es ging gegen – ach, gegen wen ist eigentlich egal, denn es ging und geht ja immer einer gegen den andern, und das ist ja ziemlich blöd. Da er Bauer war, sollte er bloß schanzen. Erst war das ganz nett, mal was anderes, mal andere Menschen aus anderen Gegenden; die Arbeit war für ihn auch nicht allzu schwer. Und ein paar Witzbolde hatten immer einen Scherz auf den Lippen, das half beim Schanzen; das sind so Laufgräben, in denen die Soldaten hocken. –

Na, das ging also alles so hin. Abends wurde erzählt, gesungen und getrunken. Mann, was manche trinken konnten, den Pitter hätte das glatt umgehauen. So war er brav und ging bald in sein Quartier. Aber da überfiel ihn das Heimweh und die Sehnsucht und die Liebe: die Katharina, die Kinder, die süßen kleinen, der Pit, die Maria und die Elisabeth, die Frucht auf den Feldern, das Vieh; sogar Hug, das Pferd stand dann vor ihm mit seinen riesengroßen warmen Augen. Da war schwer einzuschlafen, das könnt ihr mir glauben. – So begann er ein Herz zu schnitzen, da waren zwei Vögelchen drauf, die schnäbelten. Und für jedes Kind schnitzte er ein Tier, handtellergroß, mit Schnabel, -Rüssel, Schnauze und Geweih – für jedes dachte er sich eins aus.

Aber aus den zwei Wochen wurden drei, dann vier, und noch immer war kein Ende abzusehen, weil so ein Krieg, der führt sich immer selbst fort, was auch ganz blöd ist, und schlimm dazu. – Endlich wurde er abgelöst, denn ein Bauer muss zur Ernte aufs Feld, damit die Soldaten etwas zu essen haben. Nach Hause, nach Hause! Was für eine Freude! Der Pitter packte seine Siebensachen, das Herz aus Lindenholz und die kleinen Holztierchen für die Kleinen. – Da ist der Hof, die Hunde springen an ihm empor, flugs die Stiefel aus und ins Haus. In der Küche ist niemand – da hört er ein Gerumpel und einen Fall aus der guten Stube. Hinein, Herrgott, der junge … ! Aber das sagen wir jetzt nicht, weil der Bursche später nach Amerika ausgewandert ist, und wir wollen ihm nur Gutes wünschen. Jedenfalls kniete der vor der Katharina und umfasste ihren Rock, ein Stuhl war umgefallen.

Tja, und jetzt wisst ihr aus einem Dutzend Bücher oder von den Nachbarn, was der Hausherr tun soll: Fluchen, Schreien, den Burschen verprügeln, die Katharina verprügeln, den Hund verprügeln. Sodann ausziehen, sofort, stante pede, zu – ja, wohin? – zu dem Johann oder dem Nikla und die Katharina nie mehr ansehen undsoweiter.

So gehts in der Welt zu, nicht nur im Krieg kracht es und bummst es. – Aber das hier ist der Pitter, Leute, wisst ihr das? Der Pitter hat nicht nur Gefühl, sondern auch Verstand, und er kann mit dem Herzen sehen, wie einmal ein kleiner Fuchs gesagt hat. Und da sieht er, dass der X blutrot vor Scham wird und die Katharina glutrot vor Wut. Also macht er die Tür weit auf, tritt zur Seite und lässt den Jungen hinausflüchten. Der hatte übrigens gerade mal 18 Jährchen und war soooo verliebt in die Katharina, dass er ihr Tag und manchmal nachts hinterherlief, heimlich natürlich. Und wo der Pitter so lange weg war und nicht kam, dachte er – tja. Und jetzt, eieiei, jetzt wird die Katharina kreidebleich, hebt mit zitternden Händen den Stuhl auf, stürzt plötzlich darauf nieder, die Arme auf den Tisch, den Kopf hinein und weint. Was sie jetzt wohl denkt? – Jedenfalls schämt sie sich… Wofür eigentlich? Egal, sie schämt sich, auch wenn es für nichts ist. Pause. – Da hebt der Pitter sie ganz zart auf, wendet ihr verheultes Gesicht zu sich und busselt sie auf die Wangen, die Stirn, die Augen, salzig, wodurch es jetzt ganz mit ihr vorbei ist, denn sie wirft sich an seinen Hals und weint, weint, weint. Das ist dem Pitter erst mal ganz angenehm, ihre Brust an seiner zu spüren, seine Hände an ihrer Hüfte, aber die Tränen fließen wie Wasser in seinen Nacken, und das kann sich ja jeder vorstellen, wie unangenehm das ist. Also küsst er sie auf den Mund – und nochmal, und nochmal, und nochmal, dann küssen sie sich ganz heftig, mit so heimlichen Gedanken –.

Das spüren auch die Kinder und glotzen; in der Tür
stehen sie, der Pit und die kleinen Heiligen; die Katharina hat sie nämlich nach dem Kalender benannt.
Da müssen sie wohl aufhören. Und jetzt ist ein Hallo!
und Hurra! und Vater, Vater! und ein Geschmuse und
Geschlecke wie bei einer jungen Katzenbrut. – Und
da lassen wir sie jetzt allein, denn das geht uns ja
nichts mehr an und unsere Geschichte von der Liebe,
der wirklichen Liebe, ist auserzählt. Ach ja, dann
schenkt der Pitter seiner Frau noch das Herz mit den
Vögeln und den Kleinen die feinen Tierchen. Was für
ein Jubel!

19 Die Burg Sommerau

Oh, wie lecker der Wein dieses Jahr geworden ist. Wir würden euch zu kosten geben, aber das trockene Papier gibt ja nichts her –. Der *Korlinger Andreasberg* hat sich so herrlich entwickelt, da wollen wir doch gleich ein Stück daneben anbauen, sagt der Pitter. Gesagt, getan, dem Abt füllts ja den Keller, er wird nichts dagegen haben. Aber eine Weinbergsmauer muss her, zur Waldracher Straße zu, sonst schwemmts alles herunter, denn steil ist der Südhang zur Ruwer. Pitter, besorg du die Steine! – Ich? – Ja, du! Du kannst doch alles! – Aha, ich soll fahren und laden und ihr seht zu, schimpft der Pitter. Aber wir laden ab und bauen die Mauer. – So, hm! – Dabei denken alle an dasselbe: die in Sommerau im Tal räumen nämlich die uralte Burg ab, die seit Jahrzehnten verfällt. Jedes neue Haus in Sommerau oder Gutweiler zeigt die behauenen Steine im Mauerwerk, die schönen Sandsteingewände an Haustür und Fenstern. Was solls, denkt der Pitter, ich fahre, sie setzen auf, das bleibt sich gleich. – Also ab nach Sommerau. Das ist ein schöner Weg entlang der Ruwer, die schimmert so silbern und rauscht wie ein Traum vorbei; Hug geht so gedankenverloren und der Pitter so gedankenvoll: er sieht schon die neuen Reben vor sich, Riesling natürlich, und schmatzt mit den Lippen. Und dann ragt die Burg empor, an den hohen Bergfried haben sie sich nicht gewagt, aber rundum ragen die halben oder viertel Mauern mal höher, mal tiefer wie abgebrochene Zähne.

Das ging nicht, das mit den Steinen von der Burg, sagen sie ihm. Aber sie hätten doch alle… Ja, schon, früher, aber jetzt sei Schluss, es sei Diebstahl. Aber wem stiehlt man denn etwas, es ist doch kein Besitzer mehr da, erwidert der Pitter. Der Pfarrer hats gesagt! – Was? – Es ist eine Sünde, 6. Gebot! Na, da hat einer nicht aufgepasst, aber Pitter schweigt wegen dem 7. Gebot und, ja, was glaubt ihr? Streicht er die Segel? Er denkt nach, packt erst mal sein Butterbrot aus, genießt die frische Luft am Wasserfall neben der Mühle… und dann ist das ja beim Kauen so, dass das Gehirn in Tätigkeit gesetzt wird. So wie das Korn nebenan vom Groben zum Feinen geht, kommt beim

Pitter vom Einfall bis zur Durchführung alles ganz klar heraus. – Was macht man nach einer Sünde? fragt er. – Bereuen und beichten. – Und dann? – Eine Kerze, fünf Rosenkränze undsoweiter. – Und dann? – Ist alles wieder gut. – Schaut, so machen wir das auch: wir bauen eine Kapelle neben die Burg, und dahinein kommen Kerzen, Rosenkränze und ein Bild der Mutter Gottes. – Und damit…? fragen sie. – Ist alle Schuld getilgt, sagt der Pitter.

Eieiei, das ist schwere Theologenkost, das muss man erst verdauen. – Dann sagt einer was, der baut einen Stall; dann ein anderer, der ist beim Hausbauen für seinen Sohn; dann der Müller, der braucht einen mäusesicheren zweiten Speicher. Es verdaut sich so ganz praktisch gesehen doch schneller, als man glaubt, zumal die Steine ja sozusagen vor der Haustür liegen, die für den Eigenbedarf und die für die kleine Kapelle auch. Nur für euch gesagt: gottseidank ist der Pitter kein Theologe geworden –.

Die Sommerauer sind dem klugen Mann so dankbar für den klerikalen Rat, dass sie ihm alle helfen, das Fuhrwerk zu beladen. Halt, aufhören! Wollt ihr meinen Hug umbringen? – Na, so kommt der Pitter schon am Mittag mit einer ersten Ladung Steine zurück. Hei, ist das ein Hallo im ganzen Dorf, der Pitter hats wieder mal geschafft. Denn jetzt kommt raus, dass die Nachbarn schon dreimal vergeblich ins Tal gefahren waren –. Und so wurden der alten würdigen Burg noch ein paar Zähne mehr gezogen, denn die Kapelle war schnell errichtet und steht noch heute. Man kann hinter dem großen offenen Torbogen noch heute die Maria im hellblauen Kleid sehen –.

20 Der römische Goldschatz

Kommt mit, kommt mit! Lasst uns zum Galgenkopf über Korlingen hinaufgehen, kommt, schneller, da oben liegt ein Schatz, ein riesiger Goldschatz; einer hat nämlich zwei Denare gefunden, Silber zwar nur, aber da muss mehr liegen. – Also buddeln sie eifrig, die Korlinger – tja, und die aus Gutweiler auch, weil die Stelle auf der Grenze liegt. – Das sieht aus, sage ich euch, mitten im Februar des Jahres 1782, wo der Matsch nur so quietscht und an der Schaufel hängen bleibt. Dann findet einer eine halbe Vase, das ist eine Amphore, sagt der Pitter, und noch eine, aber Wein ist keiner mehr drin. Und alle buddeln noch tiefer, die aus Gutweiler und die aus Korlingen um die Wette. – Herrje, wie die aussehen: Schlamm bis zu den Knien, Matsch an der Jacke, Dreck auf den Kappen, und regnen tuts auch noch! – Aber da kommen plötzlich zwei Herren geritten. Aufhören! befehlen sie. Sie zeigen ein Schriftstück: das archäologische Institut in Trier muss graben. Ihnen ist es verboten, und sie sollen alles abgeben, wenn sie etwas gefunden haben. Aber wer sollte denn etwas gefunden haben? Von Amphoren sei die Rede gewesen, aber da sind keine Amphoren, wahrscheinlich schon gestohlen –.

Dann ziehen die Männer eine rote Schnur an Pfählen um ein großes Gebiet, halb zu Gutweiler, halb zu Korlingen gehörend, und hängen Zettel dran: Grabungen verboten bei Anzeige und Strafe und Gefängnis undsoweiter. – Und jetzt? Da kämen bald die Fachleute, dann würde gegraben. Und die Feldfrucht, wie solle die denn wachsen? fragt der Pitter. Dieses Jahr müsse Gerste drauf fürs Vieh. Man würde sehen, sagen die nur und reiten davon. – Jetzt stehen sie da, mit hängenden Köpfen, kein Schatz, keine Ernte. Und die Archä…, äh, wie heißen die nochmal? Also die sind schuld, sagen die Korlinger; und die aus Korlingen sind schuld, sagen die Gutweilerer, weil einer von denen die Denare gefunden hat. Aber waren es nicht die aus Gutweiler, die die Amphoren gefunden hatten? Egal, begonnen hätte alles mit den Denaren. Wo sind die denn eigentlich? fragt einer. – Gestohlen! Hm –.

Manchmal entzündet sich ein Krieg an einem Streit, und der wieder an einem Nichts, und der wieder an einer Missgunst, die einer spürt oder glaubt spüren zu müssen, weil er sich übervorteilt fühlt. Und zwei Denare sind was wert, zwei Amphoren – wer will die schon haben? Und dann treffen sich ein Urteil und ein Vorurteil, und die beiden richten ordentlich Schaden an, denn plötzlich können die aus Gutweiler die Korlinger nicht mehr leiden. Da stören Steine im Feld, die landen beim Korlinger über der Grenze; da frisst das Vieh das fetteste Futter auf Gutweiler Boden; da fließt der Bach nicht mehr wie früher – ach ja –. Tja, und eines Tages fliegen die Steine auf Menschen, zuerst auf die Kinder, die werfen zurück, dann auf die Männer. Die von Korlingen werfen sogar von hinten; und die von Gutweiler kommen nachts, so geht das hin und her, und das könnt ihr mir glauben, glücklich ist keiner mehr, und der Appetit ist allen vergangen.

Was ist eigentlich mit den Grabungen, die sollten doch längst fertig sein? Was denkt ihr, noch nicht einmal angefangen haben die, die Schnur hängt schon hie und da runter. Es ist März, wenn jetzt nicht gepflügt wird, fällt die Ernte aus. Das wäre ein schlimmer Winter, und Hungerwinter hat man in Korlingen und Gutweiler schon genug erlebt. – Und dann trifft ein Stein die kleine Elisabeth! Die Buben aus Gutweiler rennen lachend davon; das hätte bös ausgehen können für das Mädchen. – Da macht sich der Pitter am Abend auf den Weg nach Gutweiler. Ui, diese feindlichen Blicke von überall; die Kerle stehen am Haus, als müssten sie es gegen den Feind verteidigen; fehlt noch, dass sie die Mistgabeln präsentieren –. Vor der Kirche wartet er, da kommen sie alle. – Wir sind blöd! beginnt er. Oh, das kommt nicht gut an: Du bist blöd! – Verschwinde, Gauner! – Hau ab, sonst setzts was! geht es. Wir sind blöd, blöd, blöd! schreit der Pitter, weil wir uns unsere Ernte verderben lassen. Da sind sie still –. Und bevor die Schuldfrage wieder hochkommt, fährt er fort, dass sie sich zusammen dagegen wehren müssten. Wie das? – Wir graben selbst! – Wir… graben… selbst –? Na, das dauert noch eine gute viertel Stunde, bis es endlich alle kapiert haben; dann ist der Pitter wieder der Held, morgen gehts los.

Und so graben 20 Männer, gottseidank ist es trocken, einen ganzen Acker einen Meter tief auf, mit Pferden und Wagen und zehn Stunden am Tag. Harte Arbeit, aber freundliche Worte. Und wenn mittags die Töchter das Essen bringen, machen die Söhne lange Hälse; und später passiert da auch mehr –. Jedenfalls sind sie in sechs Tagen durch. Gefunden wurde: ein Dutzend zerbrochene Amphoren, groß wie Weinflaschen, zwanzig Amphörchen, fingerspannengroß, die die Kinder schneller stibitzen, als sie aus der Erde lugen. Da haben wohl im 4. oder 5. Jahrhundert einige römische Halbstarke den schönen Blick auf Trier im Alkoholnebel genossen, heißa, ein Amphörchen geht noch! Und ihren Müll haben sie, nicht anders als heute, hinter sich gelassen. O tempora, o mores! Wie wenig ändert sich doch die Welt. – Die Funde legen sie fein säuberlich zusammen; ja, und eine einzige Goldmünze haben sie gefunden, einen Solidus; den schenken sie dem Pitter als Dank. Denn jetzt meldet einer den – herrje, wie heißen die nochmal? Also denen in

Trier, anonym natürlich, dass alles fertig ist. Die kommen flugs, besehen, beschauen, bestaunen, messen und laden alles auf; und lachen. Aber zum Lachen ist das nur für unsere Korlinger und die aus Gutweiler, denn jetzt ist die Sommersaat gesät. Und schaut nur, wie die Halme im lauen Wind wogen.

21 Gottfried Gans

(Beinahe eine Weihnachtsgeschichte)

Ach, die niedlichen Gänseküken, die hat der Pitter im kalten Frühjahr vom Trierer Markt mitgebracht, die kleinen gelben Bällchen mit den weichen Schnäbelchen. Die Kinder sind aus dem Häuschen, jedes bekommt eines und darf es benennen. Adam heißt da eines und Eva ein anderes, wie seltsam! Andere heißen Ernst oder Gottfried – was den Kindern so einfällt; wie können die die denn auseinanderhalten? Aber sie behaupten steif und fest, jedes zu kennen, am Beinchen, am Federchen, an den Augen – glückliche Kinderzeit –. Denn die Erwachsenen denken an ganz anderes: Adam gibt Schmalz, Evas Eier machen den Kuchen gelb, Ernst wird die Weihnachtsgans und Gottfried kommt in die Suppe. Pfui! schreien die Kinder. Aber haben sie recht? – Na, lassen wir sie spielen, die Küken herumtragen wie die Säuglinge, sie füttern und streicheln. Die Winzlinge folgen ihnen auf Schritt und Tritt, allen voran der Ganter Gottfried. Es ist wunderschön.

Aber als sie größer sind, zischen sie beim Pitter, und bei der Katharina gehen sie mit scheelem Blick zur Seite. Und einmal, da wirft der Pitter den Ganterich mit weitem Schwung in die Gefolgschaft, weil er ihm im Weg steht. Da zischt der Kerl mit ganz spitzer

Zunge, streckt den Hals vor, wackelt mit dem Bürzel – er will tatsächlich den Pitter angreifen. Gottseidank haben das die Kinder nicht gesehen, aber die Feindschaft ist perfekt: Gottfried, der Ganter zischt und rennt mit gestrecktem Hals und ausgebreiteten Flügeln auf den Pitter zu und der Pitter zischelt ironisch zurück und schlägt mit der Forke nach ihm. Du Weihnachtsbraten! sagt er. Wer? Was? schreien die Kinder. – Die Gans wird zu Weihnachten geschlachtet! – Niemals! – Vier Kinder, ein Ausruf. – Der Satansbraten, aus, Ende! Wollte ihr hungern? – Dann essen wir Brot und Äpfel! – Pah, das werdet ihr schon sehen! – Tja, diese Geschichte wird nicht gut enden – für den Ganter. Wozu ist er schließlich auf der Welt. Was sich Kinder so denken… – Aber dann kommt eine Wendung. Die Monate gehen dahin, die Gänse werden groß – und fett, freuen sich die Erwachsenen – und den Kindern sind sie immer noch dieselben Spielkameraden. Sie marschieren mit ihnen durchs Dorf, Gottfried vorneweg, alle hinterher. Bloß lassen sie sich nicht mehr auf dem Arm tragen, naja, aber Freunde sind sie immer noch.

Da passiert Folgendes: eines Nachts wacht die Katharina vom Lärm im Hühnerstall auf, weckt den Pitter; der geht mit der Laterne, öffnet die Stalltür – heißa, da ist Leben: die Hühner flattern gackernd herum, die Gänse schreien – und da, da beißt Gottfried dem Fuchs in den Schwanz, wie der gerade einem Adam oder einer Eva oder dem Ernst an den Hals will; beißt und hält fest, und der Fuchs kommt nicht zum Zuge und schnappt in die Luft. Aber jetzt ist der Pitter da, greift den Fuchs am Hals und erschlägt ihn. Kinder, ein Fuchs ist das Ende der Hühner, das Ende der Eier, das Ende der Mahlzeit, und die Suppe kommt auch nicht von nichts. So ist das im Leben –. Und als der Pitter sich erschöpft hinsetzt und alles Federvieh sich beruhigt hat, nähert sich der Ganter – erst einen

Schritt, dann noch einen. Jetzt steht er ganz im Licht der Laterne und zupft sich zwei Federchen aus dem Kleid. Und, tatsächlich, jetzt wackelt er zwei weitere Schritte auf den Pitter zu, kein Zischen, kein langer Hals – und sie sehen sich in die Augen, das Tier so schräg, der Pitter mit ungläubigem Blick. – Da nimmt der Pitter zwei Körnchen Futter und streckt ganz langsam die Hand aus – und da streckt der auch seinen Hals und legt seinen orangenfarbenen Schnabel auf die Handfläche… Herrgott, was ist das? Dem Pitter ist ganz seltsam zumute, wie er da den Kopf des Tieres in seiner offenen Hand hält. Da muss er schlucken –.

Ja, es gibt wunderschöne Geschichten, und die hier ist wahr. Fortan geht der Gottfried mit dem Pitter in Stall und Scheune überall mit hin; wo der eine ist, ist der andere nicht weit. Die Kinder lachen, wenn der Pitter über den Hof geht und sie den hinter ihm her watschelnden Gottfried sehen. Aber der Pitter schämt sich kein bisschen für seine seltsame Freundschaft. Und wenn es niemand sieht, drückt er ihn ein wenig an sich wie einen guten Kameraden.– Und wie das so ist: die Kinder verlieren nach und nach das Interesse an den Gänsen. So sind Kinder; aber es gibt ja auch so viel anderes zu erleben. Und so fällt es nicht besonders auf, dass der Adam und der Ernst und eine Gans nach der anderen bis vor Weihnachten auf dem Teller landet – bloß der Gottfried nicht. Da ist der Pitter dagegen! Seinen Gottfried verspeist niemand. Auch an Weihnachten nicht!

Der Pitter würde ihn glatt zur Bescherung reinlassen, aber da kennt er die Katharina schlecht. Na, bringt er ihm ein paar Leckerbissen raus und streicht ihm ganz zart über den Hals. Dann wackelt der Gottfried mit dem Kopf, was in der Gänsesprache ganz viel zu bedeuten hat. – Und da sitzen sie gemeinsam am Fest des Friedens und der Hoffnung, der Gottfried mit dem Pitter. Und der Pitter hält seine hohle Hand hin und der Gottfried legt seinen Kopf hinein –.

22 Revolution

Am 14. Juli 1789 geschah die große europäische Um-
wälzung in Frankreich, die ihre Samen in die ganze
Welt und auch nach Deutschland trug: Verkündung
der Menschenrechte, Aufhebung des Feudalsystems,
ja, das alles war überfällig, soviel werdet ihr zugeben.
Die Marktfrauen zwangen den König nach Paris,
schon im Oktober wurden die Kirchengüter eingezo-
gen. Flugschriften gelangten auch nach Trier, poli-
zeilich verboten, aber der Johann las sie. Auch der
Pitter las sie; von oben nach unten, alles – aber das
zack-zack und von heute auf morgen, das gefiel ihm
nicht so ganz. Die Menschen sind nicht so gut, sagte
er. – Du siehst nicht unser Recht auf Freiheit und
Gleichheit. Was ist denn so ein Kurfürst, ein ‚von und
zu‘, anderes als ein Mensch wie ich und du? Er hat
doch dazu nichts, aber auch gar nichts getan, während wir uns Tag für Tag mühen und abrackern und
doch zu nichts kommen!

Der Johann war wütend und wild, die Flugschriften
gaben ihm Zunder. Jedes Wochenende ging er nach
Trier, traf dort die Kameraden, die genauso dachten;
die schlechten von persönlichen Rachegelüsten ge-
trieben oder vom Näschen für den eigenen Vorteil bei
der Parteinahme für die da drüben, die bald herkä-
men; die guten aus Idealismus und Begeisterung für
das Augenfällige: Aufhebung der Leibeigenschaft

mit den Fronden, Abschaffung der Privilegien für ein paar wenige undsoweiter; die naiven, dass bald das Paradies auf Erden entstehen könnte und Hase und Löwe beisammen säßen. Der Pitter meinte, das sei alles wahr und gut, nun müsse man den Wandel aushalten, nicht die Gewalt und die Gewehre bestimmen lassen, was Recht und Unrecht sei. Der Johann schrie ihm entgegen, dass er ein feiger Mensch sei, geboren zum Untertan, gar ein Aristokratenfreund; wo gehobelt werde, fallen nun mal die Späne. – Hobeln sei nötig, da sei er dafür, aber wenn die Späne Köpfe würden, wäre das ja wieder gegen die Menschenrechte. – Ein Haarspalter sei er, überhaupt: noch ein Freund?

Was kann ich euch sagen, das Ende vom Lied war, dass die beiden nicht mehr miteinander sprachen. Keine Feindschaft, nie und nimmer, sie waren miteinander durch dick und dünn gegangen, eins hielt sich am andern. Aber der Johann wusste eben mehr; der Pitter, der las dies und das, aber der Johann las die wirklichen Nachrichten aus Frankreich, und wie das voranging mit dem neuen System der *liberté, égalité* und noch so einer Sache. – Jeden Samstagabend traf er sich mit seinen Gleichgesinnten, den guten und den weniger guten. Aber die kurfürstliche Aufsicht wusste um die Gefahr für ihren Stand und hatte ihre guten Spitzel. Da zweifle ich jetzt – gibt es eigentlich gute und schlechte Spitzel? – Jedenfalls vergingen keine drei Monate und der Johann wurde noch spätabends abgeführt, wegen Aufruhr und all dem.

Er saß also auf der Hauptwache in der Zelle, die für die Ausnüchterung war, denn wo politisiert wird, wird auch viel getrunken – zu viel. Da sind manche Sätze weniger klug, andere wirklich dumm oder aber in der Hitze voller Gewalt mit Mord und Totschlag. Und es braucht nur einen geschickten Anpeitscher, und die halbe Kneipe hebt den Porz Viez auf den Königsmord. Der das gesagt hatte, war zum Hinterausgang hinaus, die anderen schnappte die Polizei, die das Geschrei auch noch bezeugen konnte, weil die Blödiane noch nicht einmal eine Wache aufgestellt hatten. – Na, da sitzt der Johann jetzt also in der Zelle und ihm drohen Gefängnisstrafen ohne Ende, ach, in seinem geliebten Frankreich wäre er jetzt frei –. Nach Korlingen lässt er am nächsten Tag melden, er verteidige die *liberté*, die *égalité* und die *fraternité*. *Fraternité*, das kann der Pitter auch übersetzen. Aber für einen Kasper eintreten, der Hals über Kopf die neue Zeit einrichten will, was dann dieselben kosten könnte – tja, Pitter, was machst du? Ein Freund ist ein Freund – Recht und Unrecht sind nicht mehr so klar gesetzt, da ist manches Recht, was Unrecht ist, und eigentlich hat der Johann recht.

Unrecht soll nicht sein! So geht er also am nächsten Tag frühmorgens nach Trier, direkt in die Hauptwache, wo sie seinen Johann festhalten. Was er wolle? – Den Johann besuchen und ihm ein Wurstbrot bringen. – Für die Gefangenen sei Wasser genug. – Er werde doch seinen Bruder sehen dürfen! Das war zwar glatt gelogen, aber Not kennt kein Gebot. – Er solle seine fettige Stulle nicht auf den Schalter legen, hier sei die Polizei und keine Wirtschaft. – Ein Unrecht sei das! – Er könne seinem Johann gleich Gesellschaft leisten, wenn er sich nicht trolle. –

Einen Advokaten werde er bringen, der Johann sei unschuldig. – Das werde man morgen früh bei Gericht sehen. Raus jetzt! Und dabei fasst der blaue Kerl den Knüppel an seiner Seite und tritt auf den Pitter zu. Na, mit dem war nicht gut Kirschen essen, und im Gefängnis zu sitzen, half dem Johann auch nicht weiter. Also, Pitter, Abmarsch! – In Gedanken ging er den Weg zum Gericht, das war vom Hauptmarkt nicht weit. Johann, oh Johann! – Am Frankenturm, am Haus gegenüber schimpfte ein Mann einen Schlosser aus, die Tür sperre immer noch nicht. Der Pitter sah hin – und durch den Hausflur am anderen Ende den hellen Sonnenschein im Hof, und das war seine Erleuchtung: da rein, hinten raus –? Denn das war offensichtlich, dass ein Polizist den Johann hier vorbei zum Gericht bringen musste. Jaja, brummte der Schlosser, morgen kommt ein neues. Der Pitter ging weiter, und nachdem die Streiterei beendet war, zurück: die Tür öffnete sich, der Hof leuchtete ihm entgegen. Keiner da, gottseidank kein Hund! – Dort war eine halbhohe Mauer, dahinter ein Garten mit Zaun, dahinter die Querstraße… Da war der Plan fertig!

Den Nikla und die Katharina weiht er am Abend ein. Ei, Pitter, willst du auch im Bulles landen; gefährlich ist das; eher geht es schief als dass es gelingt; zu zweit, wie soll das gehen; unmöglich, das Ganze; zu riskant! Der Pitter redet auf sie ein wie auf ein krankes Pferd, pausenlos: wie ungerecht das sei; der Johann hätte doch auch ein Recht auf Meinung; die hohen Herren säßen längst nicht mehr so fest im Sattel; viele seien jetzt auffallend großzügig; was in Frankreich ginge, könnte auch bald hier geschehen; in Saarbrücken hätten sie den ganzen Winter über Freiheiten vom Fürsten Ludwig gefordert und bekommen! Klug müsse man es eben anstellen. – Wie denn? – Und nachdem er es erklärt hat, gibt ihm die Katharina ihren Segen: Mach es, du hast recht! – Und du, Nikla? – Hm, ja... – Also abgemacht! Und flugs drückt ihm der Pitter die Hand, nimmt einen Zwirbelbart und hält ihn dem Freund unter die Nase. Da lachen sie. –

Morgens stehen sie in der Dietrichstraße, der Pitter am Frankenturm, der Nikla oberhalb des Hauses mit dem kaputten Türschloss. Sie haben alles ausprobiert, alles vorbereitet, und dennoch klopfen die Herzen und der Nikla schwitzt durch alle Hemden und Jacken. – Warten… – Ach, Herrje, da kommen sie schon, der Johann gefesselt, geführt von einem Blauen. Der Pitter, von unten kommend im Sonntagsstaat mit Schnauzbart und schwarzem Hut über den Augen – genau vor dem Haus lässt er einen Gulden fallen, der kullert dem Blauen vor die Füße. Und dann, als der sich bückt, bückt sich auch der Pitter und stößt mit seinem kräftigen Schädel dem die Mütze vom Kopf – wie ungeschickt! Depp, blöder! schreit der und greift nach der rollenden Kappe. Ui, da bückt sich der Pitter, und rumms! stoßen sie schon wieder zusammen. Kerl, er! brüllt der Blaue – und sieht sich um: der Johann ist weg! Den hat der Nikla schnell in den Gang gezogen und die Tür wieder flugs geschlossen. Da oben, da oben! schreit der Pitter und zeigt Richtung Fleischstraße. – Den sind sie los!

Der Pitter um die Ecke, da steht das Fuhrwerk voll Heu. Die schöne Jacke aus, den Hut weg, eine schmutzige Decke über die Beine gezogen, den Bart noch ab mit einem Ruck, und da kommen sie schon, der entfesselte Johann mit Nikla, dem die schwitzigen Haare ins Gesicht hängen; hinein ins Heu alle beide und ab. – Das waren nun vier Kriminelle auf dem Weg nach Korlingen, das könnt ihr nicht bestreiten, der Johann, der Nikla und natürlich der pfiffige Pitter und – , aber nein, Hug wollen wir doch ausnehmen, denn ein Pferd ist ein Pferd, und das ist ja wohl grundsätzlich nicht schuldfähig –.

23 Der französische Graf

Die blutigen Ereignisse der französischen Revolution von 1789 drangen Stück für Stück bis nach Trier, den einen zur heimlichen Schadenfreude, den andern verhalfen sie zu schlaflosen Nächten; man braucht wohl nicht zu sagen, wer hier gemeint ist. Jedenfalls wusste man auch in Korlingen so ungefähr Bescheid, aber im katholischen Land kam es zu keinen Unruhen, der Herrgott hatte das verboten, sagten die auf der Kanzel. Und der Abt von Sankt Martin war recht großzügig, als der Zehnte schmäler ausfiel –. Eines Tages im Herbst, als der Pitter im Wald ins Holz ging, fand er ein totes Pferd; es machte keinen guten Eindruck, abgehetzt, dürr, verletzt, mit fremdartigem Zaumzeug. Was sollte er machen, Füchse und Vögel würden ihre Arbeit tun. Es ist immer traurig, ein totes Tier zu sehen, zumal wenn es einen mit großen offenen Augen anblickt; das ging dem Pitter nach, aber ins Holz musste er, der Winter stand bevor, und wer nur eine Axt hat, braucht lange, bis das Feuer vier Monate wärmt.

Dumpfe Hufschläge auf dem Waldboden, der Pitter merkt erst nicht, dass da drei Soldaten angeritten kommen, Franzosen, das erkennt er gleich an den Farben und Mustern. Sie steigen ab und besehen das Pferd, gehen rundum, durchwühlen die Satteltaschen, stoßen wütend gegen den toten Leib. Einen richtigen Lärm machen sie, schnell hackt das in der anderen Sprache. – Aber jetzt verstummen sie plötzlich, schauen den Pitter an, es fühlt sich nicht gut an. Pitter. was wird das? Den Degen zieht einer und hält ihn dem Pitter an den Hals: Wo ist er? – Wer? – Der Degen drückt stärker: Le comte! – Aber der Pitter hat doch niemanden gesehen, was soll er denn sagen? – Merde! – Das versteht man auch ohne Französisch, und gottseidank ist der Degen jetzt weg. Dann parlieren sie wieder, zeigen dahin und dorthin, steigen auf und reiten fluchend davon. Dabei sagt man immer etwas von der sprichwörtlichen Höflichkeit der Franzosen, denkt der Pitter. Aber das gilt wohl nicht für Soldaten oder Gendarmen, egal wo sie herkommen. – Puh, glaubt mir, jetzt muss der Pitter erst mal ausatmen. Was er da über die Revolutionäre in Paris gehört hat – ein Menschenleben geht dort schneller als es kommt. – Er geht zum Baumstamm, hackt einmal, zweimal – er muss sich setzen: da hat er nochmal Glück gehabt, zimperlich sind die nicht. Und wie er so schnauft und den Schweiß abwischt, bewegt sich etwas unter dem Pferd, und dann fliegt der Dreck, und dann kommt eine Hand, und noch eine, und dann kriecht da einer hervor, ein ganzer Mensch schiebt sich heraus, da muss ein Loch gewesen sein.

Jetzt steht er vorm Pitter, ein Lumpenkerl, verschmutzt und blutend an der Stirn. Der greift wieder in das Loch und zieht einen Degen hervor – der Pitter einen Schritt rückwärts. Herrgott, was für ein Tag! Und den reicht er dem Pitter mit beiden flach ausgebreiteten Händen. Der Pitter versteht, so ist das also, einer von denen, die … na, lassen wir das, wer wusste das denn so genau? Vielleicht war der hier anders, ein Guter, der seinen Leuten genug zu essen gibt und ihnen die Schulden erlässt; einer, der Frau und Kinder zu Hause hat lassen müssen, und wer weiß, ob sie noch leben. Vielleicht aber auch nicht, und er war ein Leuteschinder und hatte ein Dutzend Menschen auf dem Gewissen. – Vielleicht, vielleicht; dem Pitter geht es durchs Hirn, nach links, nach rechts, und zu keiner Lösung. Jedenfalls ist es ein Mensch; so bricht er das Hin und Her ab, reicht dem Fremden die Hand und führt ihn heimlich nach Hause. Von den Soldaten sagt er dort nichts; überhaupt befiehlt er allen zu schweigen. Die Katharina bringt Kleider, Schuhe, eine Kappe, er rasiert und wäscht sich, er isst ein halbes Brot; jetzt soll er mit ins Holz. Denn das ist dem Pitter klar, weg kommt der vorerst nicht. Ach du mein Gott, wie der sich anstellte, ein Gehacke war das, ein so blödes; wo er hinhackte, gabs nur Split und Spleiß. Und Kraft hatte er auch keine. Es war offensichtlich, der Mensch hatte zwei linke Hände. Egal, er sollte sägen – herrjemineh, da verletzt er sich am Blatt, blutet wie ein Schwein. Und als der Pitter ihm sein Taschentuch um die Wunde bindet, sieht er seine feinen Hände: der hat in seinem Leben nie wirklich arbeiten müssen. – So soll er schließlich die Äste aufsammeln; immerhin das geht. In der Scheune, ganz oben und ganz hinten, hinter einem Stoß Bretter macht er ihm ein Lager.

Und so ging das die nächsten Wochen. Grobes konnte er nicht, für jede handwerkliche Arbeit war er nicht zu gebrauchen: da stürzte er in den Mist, da lief ihm das Kalb davon, da spießte er seinen Fuß mit der Gabel auf, da blutete er schon wieder – ungeschickt ohne Ende. Aber in der Küche, da gelang ihm alles, da hielt er sich gerne auf; und nicht, weil es da warm war, sondern er konnte kochen, backen, braten und alles. Der Katharina zeigte er, wie man Kartoffeln im heißen Fett frittiert, wie man Gestampfte in feiner Makronenform leicht aufbacken kann, wie man Wein zum Braten, zu Sahne, zu Kuchen gibt. Vom Schwein nahm er die Füße, den Kopf, die Ohren und zauberte etwa Essbares daraus, besonders die Schweinsbäckchen in roter Weinsoße, eieiei! Mit den Kindern brachte er Pilze, die er vor ihren Augen aß, und lehrte sie sie kennen. Dem Pitter gab er eine Liste mit Gewürzen, die er vom Trierer Markt mitbringen sollte. Und von da an schmeckte alles anders – ja, erst mal anders, merkwürdig, neu, aber dann wollte man es nur noch anders. Und die Nachbarinnern sahen ihm zu, und er erklärte in seinem lustigen Kauderwelsch von Deutsch und Französisch und einer ganz fixen Sprache mit -a und -i, dass es eine Lust war zuzuhören. Und wenn er mal am Erzählen war, wurde er immer lauter und bewegte Arme und Hände, geht und tänzelt um den Herd herum, da müssen alle lachen. – Ja, und dann sitzt er traurig in einer Ecke und starrt vor sich hin. Einmal zeigt er auf die Katharina und macht das Zeichen vom Halsabschneiden, dann auf zwei der Kinder – die lachen und machen es nach. Da weint er –. Vom Pfarrer weiß der Pitter inzwischen, wen er da vor sich hat. – Die Männer stänkern. Es ist ein Mensch, sagt er zu den Korlingern, und er ist unser Gast, haltet den Mund! – Immer wieder findet man ihn in der Küche. Und dann steht da in einem Holzfässchen, in das er Löcher gebohrt hat, ein halbfester Käse; und daneben einer mit gelblichem Rand; und daneben ein talergroßer mit grünen Blättern, der stinkt. Alle probieren: Hm, lecker! Warum schmeckt der so frisch und der so würzig und nicht so ranzig wie die Selbstgemachten? Da zeigt er, dass er den gelben mit Wein eingerieben und den harten in Weinblätter eingewickelt hat.

So vergeht einige Zeit, viele Wörter mehr können sie jetzt auf beiden Seiten, und es wird klar: er will weg; Heimweh hat er, obwohl es gefährlich für ihn ist. Lüx, sagt er, und meint Luxemburg, da seien Freunde, die ihm helfen könnten. Pitter, Lüx, bitte! Na, da muss sich der Pitter wieder mal was einfallen lassen, einen großen Mann zu transportieren, ist ja kein Kinderspiel. – Es ist Viezzeit, die Fässer werden gereinigt – das ist es! Ins größte passt er hinein, da muss man Dauben herausnehmen, kleinste Luftlöcher in den Deckel bohren, eine zweite Lage Holz hineinlegen, Decken, Brot, und ab gehts mit Hug.

Alles geht gut. Bis an die Wasserbilliger Brücke. Halt, was drin? – Viez! – Probieren! – Herrgott, und jetzt? Aber so schlau ist der Pitter schon, dass er mit den gierigen Beamten gerechnet hat: unter dem Holzsitz schwimmt der Viez, der läuft jetzt aus dem Spundloch in die Becher. A la votre, à la votre! –. Puh, wie die das Maul verziehen und das Gesöff ausspeien. Verhaften müsste man dich! Hau bloß ab! – Der Pitter hatte nämlich den umgeschlagenen Viez eingefüllt, den brauchten sie als Essig. Flugs weiter. Und alles geht gut bis Grevenmacher. Dort lässt er ihn nachts aus dem Fass. Der Mensch umarmt ihn, küsst ihn rechts und links und wieder rechts und links und heult wie ein Schlosshund. Da wird es dem Pitter auch ganz warm ums Herz. – Aber noch wärmer wurde es ihm sieben Jahre später von einem kleinen Fass Burgunderwein, das mit einem deutschen Brief ankam, ein Dank vom Comte Montchaillon de La Roche bei Dijon, der seinen Retter nicht vergessen hatte.

24 Die Luftkutsche

Eines Abends im Winter verdunkelt eine Wolke den Hof und es wird immer noch dunkler. Als der Pitter nach oben sieht, bleibt ihm das Maul offen: da schwebt ganz langsam eine riesige Kugel herab, darunter hängt einer in einem Sitz aus Stoff. He du! ruft der, hast du Kohle? Holzkohle und Trester, sagt er, als er landet und mit drei Seilen das Gefährt festzurrt. Der Pitter bringt das Gewünschte, erhält einen Gulden, der Mensch schüttet die Kohle in ein Blechgefäß direkt unter dem Ballon. Jetzt erklärt er: Er ist mit seiner Luftkutsche von Luxemburg hergeflogen, und jetzt ist ihm das Feuer unter dem Seidenballon zu schwach geworden. Nach einer Weile schüttet er den Trester auf die glühende Kohle – hei! wie das zischt und brennt und lodert – und springt in seinen Kutschsessel. Leinen los! ruft er. Und der Pitter löst die eine Leine. Schneller! schreit der, der Feuerkorb hängt schief! Pitter zur zweiten, zur dritten, die wie eine Schlange geringelt am Boden liegt – aber da muss er seine ganze Kraft anwenden, denn der heiße Ballon will los und zerrt und zurrt, ganz schief stemmt sich der Pitter dagegen – und schwupps! schnellt er nach oben, das Seil hinterher, und das schlingt sich um seinen Fuß, verknotet am Knöchel, und da hängt der Pitter kopfunter an dem Ballon und fliegt mit –.

Hoch und höher schweben sie und der Pitter schaut mit offenem Mund auf die kleiner werdende Kapelle, während der über ihm flucht und schimpft wie ein Spatz. Hui, wie der Ballon da zittert und steigt und steigt, die Häuser wie Schachteln, die Bäume wie zierliche Sträucher, die Felder wie Strickmuster, ein längliches Viereck neben dem andern, manche mit Winkeln oder schrägen Streifen. Und der Himmel so blau. Und der Pitter schaut und schaut und ist glücklich, er weiß nicht wieso, und er hört den Luxemburger gar nicht schimpfen über Gewichte und Winde und Ballast und Feuer, die Erde wird immer kleiner und runder. Aber jetzt ist ihm doch das ganze Blut im

Kopf zu viel, ihm wird kalt und warm und kalt und warm und ganz schwindelig … er weiß nur noch, wie der Herrgott liebevoll mit seinen hohlen Händen eine Kugel rechts und links umfasst, so zart wie man ein Küken hält, und dann seine Hände löst und die kleine Kugel langsam losschickt ins Unendliche. Da fliegt der Pitter hinter ihr her, fliegt wie ein Vogel, oh, wie schnell! Schwarz ist es um ihn, er hört nichts, sieht nur, dass er in dieses Nichts hineinsaust und immer weiter rennt und rast und sich um sich dreht. Dann wird es heller, eine feurige Kugel schießt von weither auf ihn zu, eine zweite vorbei, eine dritte, eine vierte … es werden immer mehr und sie rasen und rennen ihren Weg um ihn herum, und rundum leuchten die Sterne von den feurigen Kugeln, die wie Lampions überall aufgehängt sind.

Und jetzt merkt der Pitter, dass er auf eine dieser Kugeln zurast, schnell, immer schneller, er wird zerschellen, er ruft, er muss schreien: Mein Gott, willst du mich verlassen? Da kommt endloses rotes Land, kein Strauch, kein Baum, nur Steine bizarr ragend aus der ewigen Ebene. Aber da ist sie zu Ende, die Wüste, und Wasser folgt; über das fliegen die Fische mit Flügeln, und unten sieht er im klaren Blau feuerbunte Quallen, Schwärme von Tausenden von silberglänzenden Fischen, riesige Wale und die Schildkröten dahinziehen wie auf einer breiten Straße. – Aber der Pitter zieht nicht mit, er fliegt weiter und weiter, da krabbeln die Fische mit kleinen Beinchen an Land, da verstecken sich große Echsen in den Felsen, wenn er kommt. Und plötzlich ist alles grün und rot und gelb und blau und voller Farben, die er nie gesehen hat, so hell und grell, dass es in die Augen sticht. Farne wachsen mit haushohen Fächern; Blätter, so groß wie Scheunentore ranken sich an gewaltigen Bäumen empor, und alles wächst und blüht und windet sich umeinander und ineinander, das Grün und das Bunte wie bei einer großen Prozession. Vögel sind da in diesen seltenen Farben, und von Ast zu Ast schwingen sich pelzige Tiere mit Gesichtern wie Katzen; und größere mit Gesichtern wie – Himmel! ja, wie Menschen, wie uralte Menschen, die einen ansehen mit ernsten Augen.

Nun ja, diese Geschichte ist nicht sehr glaubwürdig. Aber was soll man sagen, der Pitter hat sie selbst so erzählt, genau so. Und ihr werdet doch nicht annehmen, dass der Pitter lügt? – Aber da war alles schon zu Ende, denn als der Pitter die Augen aufschlägt, liegt er in den Astgabeln einer mächtigen Eiche wie in einer Kinderwiege. Geschrei ist da, vom dem Luxemburger und von unten: der oben in dem Sitz, der unten mit einem abgehetzten Pferd, der die Kohlen auseinandertritt. Der Ballon hängt neben ihm wie ein riesiges Tuch über der Baumkrone, im Sitz zappelt und zetert der Kutscher, eine Naht war gerissen, und das hält ja nun kein Luftballon aus. Sie sind an der Naumetter Kupp heruntergekommen. Der Pitter löst sich vom Seil, steigt ab, achtet nicht weiter auf das Gejammer und geht auf wackligen Beinen geradewegs zum Kreuz. Da liegen die Weinberge des Ruwertals vor ihm, die Wälder zu seinen Füßen und unter ihm das kleine Waldrach mit seinen Häusern wie Spielzeug. Menschlein gehen hin und her wie Bienen. Und der Pitter sinkt auf die Knie und sagt nur: Gott, deine Welt ist groß –.

Vorankündigung

In diesem Buch, dem ersten Band der *Korlinger Geschichten*, geht es um den Pitter und seine kleine Gemeinde in der zweiten Hälfte des 19. Jahrhunderts bis zur französischen Revolution. Im folgenden Band, den *Korlinger Geschichten II*, wird die **Freiheit** (Titel) im kleinen Ort Korlingen gefeiert. Denn nach der Schlacht bei Pellingen am 8.8.1794 zogen die Franzosen in Trier ein. Der Kurfürst kehrte niemals mehr in seine Stadt zurück, die Klöster wurden aufgehoben, das Feudalsystem abgeschafft, die Menschenrechte eingeführt, alle Bürger und Bauern waren frei. – Was änderte sich für die Menschen? Waren sie wirklich frei, waren sie keiner Gewalt mehr unterworfen? Mussten sie keine Abgaben mehr liefern? Und wurden sie wohlhabender?

Der Aufbruch in die Moderne bringt neue Menschen in den Ort, aber auch neue Probleme. Pitters Rat und Tat und seine pfiffigen Ideen bleiben wichtig. Im Übrigen muss er mit seinem eigenen Leben klarkommen.

Bernhard Hoffmann

Freiheit. Korlinger Geschichten II

Das Buch kann (unverbindlich) vorbestellt werden.
Erscheinungstermin: 2023/24.

Per Mail an: Hoffmann1530@aol.com

1

2

3

4